# あなただけが消えた世界

上島薫
UESHIMA KAORU

幻冬舎MC

# あなただけが消えた世界

# プロローグ

想像してみてほしい。

あなたにとってとても大切な人が、明日死ぬとしたら……。


死というものは、どこか遠くにあると勘違いしていた。

死というのは、私たちのすぐ隣にあった。

明日自分自身が、大切な人が生きているなんて保証はどこにもない。

そんなありふれた言葉だけれど、どうして私は今までもっと真剣に考えなかったのだろう。

彼は私にとってかけがえのない人だ。

「俺から離れていかないでね」と言っていたはずのあなたは……もう隣にはいない。

一樹を失うまで、その言葉の本当の意味に気づけなかった。

病死、事故死、自殺、事件などによる死や災害による死。

あらゆる形での、大切な人の人生の終わり。

残された者に残るものは、絶望や哀しみはもちろん、孤独や後悔、自責の念など様々な感情が付き纏うだろう。
どうして人は、失ってからでないと気づけないのだろう。
戻れるのならまた彼に逢いたい。
そして、声が枯れるほど、命が消えるその瞬間まで「愛してる」と伝えさせてほしい。

残された私は、これからどうしていけばいいのか……。
一樹がいなきゃダメな私は、どう生きていけばいいの?
代わりに死ねなくてごめん。
もっと、いろんなことを伝えておけばよかった。
いろんな後悔が、後から後から押し寄せてくる。
どんなに思ったって、どんなに考えたって、もうあなたはいないのにね。
残された者は、残りの人生をどう生き、どう過ごしていけばいいのだろう。
私は、なにを試されているのだろうか。
一樹は、私の人生のすべてだったから……。
彼にたくさんの愛の言葉を贈ろう。
生まれてきてくれて、ありがとう。
私と出逢ってくれて、ありがとう。

私に寄り添い続けてくれて、ありがとう。

私と結婚してくれて、ありがとう。

私と家族になってくれて、ありがとう。

気づくと、後悔と同じくらいか、もしくはそれ以上に、数えきれないほどのあなたへの「ありがとう」で溢れていた。

けれど……どうして私を置いていくの？

私を一人にしないでという言葉も浮かんでは消える。

死の宣告からお通夜、葬儀、四十九日、そして一周忌。

たくさん、そんな言葉を口にし続けてきた。

でもね、最後に行き着いた言葉はやっぱり「ありがとう」だった。

一樹が私の一部であったように、きっと一樹にとっても、私はきっと一樹の一部だったんだよね。

だって、あんなにたくさんの時間を一緒に過ごしてきたんだもん。

必ず、明日は訪れる。

でもその隣に、大切な人がいるとは限らない。

当たり前のようにいつも私の隣には、一樹がいて、笑ったり、泣いたり、怒ったり。

いつも通りに移ろいでゆく季節の中に、一樹はいたけれど、もういない。

明日もし、大切な人を失うとしたら、あなたに後悔はないだろうか？
また今度で、また明日でいいやなんて、もったいない時間を過ごしてはいないだろうか？

伝えたい時に伝えてほしい。
愛していると。大好きだと。ありがとうと。
自分自身はもちろん、大切な人にいつ何が起きるのかは分からない。
明日もし、事故に遭うとしたら。車椅子になるとしたら。
寝たきりになるとしたら。植物状態になるとしたら。
目が見えなくなるとしたら。耳が聞こえなくなるとしたら……。
やり残したことや伝えたいことはありませんか。

# 目次

# 第一部

## ――幼少期

人生を振り返ってみると、私は幼少期から親の愛情に飢えていたと思う。自分自身のことしか考えない母は、少しでも母親の中で否定的だと感じる言葉を娘の私が言えば、無視して、いないかのように振る舞う。父親は仕事人間で、育児は母親がするものという考え方。私は、あまり大事にされていたようには思えない。愛されていると感じた記憶も、感覚も何ひとつ残っていない。

私が幼少期に強く記憶に残っているのは、二つ年上の兄と同じ部屋で眠るようになった4歳、5歳の頃の出来事だ。私が夜中に突然、地団駄を踏んで泣き喚き、父と母の寝ている寝室へ行くと、母はドアを少しだけ開け「早く寝なさい」と冷たくあしらわれたことだ。

泣きながら子ども部屋に戻り、一人で布団に潜り込んで眠ったという記憶だけが、ハッキリと残っている。

一緒に寝かせてもらえる時もあったのだが、今思うと、その対応の違いはきっと父と母の営みが関係したのだろう。

でも、そんなことは当時の幼い私には分からないことだ。

また、物心がつく頃から爪を噛む癖があった。

手だけではなく、足の爪まで噛んでいた記憶がある。そして、血が出るほど指の皮をめくり、唇の皮膚も食べていた。

〝わたしを見て〟という幼児期の神経症状のひとつだったのかもしれない。

そんな私も小学生になった。学校は大好きだった。

自分で言うのもなんだが、社交的で人見知りもしない。

目立ちたがり屋で、4年生の頃は放送部だった。

朝、給食、昼休み、掃除の時間、帰りの会など、その時その時に流す音楽をセットし、私は放送室のマイクに向かった。学校中に、自分の声が届いている。

それが、なんだかとても嬉しかった。

私はここにいるのだと感じられる、いわばひとつの居場所だった。

また、歌を歌うことが大好きで合唱部に入り、放課後は歌の練習をし、全国音楽合唱コンクールで銅賞をとったこともあった。その時の努力が報われた感動や一緒に練習を共にしみんなと喜びを分かち合った瞬間は今でも忘れない。

銅賞をとったことで地域の地方テレビでその模様が放送された。

他にも、幼少期から小学生の途中までピアノを習ったりしていたが、クラスでは、常に指揮者を志願し、高学年からは全校生徒の校歌の指揮者も任されていた。

運動会では応援団を務め、その時期になると放課後は応援団の練習に明け暮れる日々を過ごした。

とにかく私は、学校が大好きで、無遅刻無欠席の皆勤賞の賞状を3年連続でもらったほどだった。

しかし小学校5年生の後半から、私の人生の歯車が狂い始めた。

5年生の3学期だったか、秋だったのか、細かくは思い出せない。

けれど、私にとってひとつの事件が起こった。

当時、隣に住む5つ上の仲の良い人がいた。

りょうくんといって、兄とも仲が良く、しょっちゅう家に遊びに来ていた。

物心がつく前から兄も交え遊んでいたので、りょうくんとはある意味兄弟のように育った。

そんなある日のことだった。

いつものように彼と一緒に部屋で遊んでいた時、突然、手を引っ張られ、部屋の端へ連れていかれた。そこで、後ろからはがいじめにされて、私は身動きがとれなくなった。

その瞬間までは、遊びの延長だと思っていたのだが、彼の手が私の胸に触れた途端に私は恐怖を覚えた。

大声を出そうとしたが口を塞がれ、服の上から胸元、太ももなどをまさぐられた。

心の中で「お母さん！　助けて！　お母さん」と私は叫んだ。

でも、その声が届くはずもなく、死に物狂いでなんとか彼から逃れ、私はとっさに鍵のある父と母の寝室へと逃げ込んだ。

両親の寝室に入るとすぐに鍵をかけ、とりあえず近くにあるものを片っ端からドアの前に置いた。

ドアノブがガチャガチャ鳴る中「来ないで！」とベッドの上で私は膝を抱え、泣きながら震え、その音に怯えながら小さく丸くなるほかなかった。

あの時の感触、あの日味わった恐怖感は今でもリアルに覚えている。

25年以上が経った今でも消えることはない。

その後の私は、その出来事をキッカケに生活も何もかもが一変した。

まだ当時10歳だった私は、あの出来事はなんだったのか、何を意味しているのかすら分からず困惑した。

ただ、人に言ってはいけない何かが起こったということだけはハッキリと分かった。

そして私は、学校へ行けなくなった。

なぜだか、朝がくるのが怖い。

あれだけ大好きだったはずの学校生活。

あの日から、行けない理由も何も分からず登校拒否を始めた。

皆勤賞であった私は、風邪のふりをしたが両親はそれを疑わなかった。

しかし、体調不良の欠席も長く続けば、初めは優しかった父も母も、さすがに疑問を持ち始めた。

そこからは、新たな地獄の始まりだった。

休むと、母も父もとにかく冷たかった。

理由を聞いても何も答えられない私を、父は一方的に責め、怒鳴り始めた。

母は、学校を休んだ日は会話すらしてくれなくなり、家にいることが苦痛に変わっていった。

さすがにもうごまかし切れないと私は悟り、学校へ行くようになった。

ただ、毎日必ず保健室へ行くようになった。

理由は、よく分からないが、たくさん人のいる教室よりは保健室の方が落ち着いたのだと思う。

しかし、毎日のように保健室に行くようになった私は、突然、保健室の先生から「毎日来るくらいなら休めばいいのに」と、信じられない言葉を言われた。

一瞬、どういう意味なのか、ポカンと開いた口が塞がらなかった。

その旨を母に伝えた結果、体調不良という理由で、学校を休めることとなった。

しかし、今度は担任の先生から「毎日休まれては困ります！」と母に電話があった。子どもながらに、大人はなんて身勝手なのだろうと思った。

休めと言われたり、来いと言われたり……先生たちの言葉に納得がいかなかった。

保健室の先生や担任の先生にも不信感を抱いたままではあったが、無事小学校を卒業した。

しかし、この一連の話を、父はまったく知らなかった。

父は、ちゃんと学校へ行っているものだと思い込んでいたようだ。

父と母は子どもの変化などの情報交換、連携もとれておらず、この時点ですでに二人の関係も冷え切っていたのかもしれない。

そして、中学生になっても、私は毎朝、恐怖との闘いだった。

学校へ行くことがとても怖い。

しかし、学校へ行かなければ家でどんな扱いをされるかと考えると行くしかなかった。

この頃になると母は「休まれると私がお父さんに怒られるんだからね」が、口癖のようになっていた。口を開けばそればかりだ。

なぜ、私の心配ではなく自分自身の心配だけなのだろうか。

父が怖いというのは、私にもよく分かることだったが、私の心配はしない母親にどこか絶望していた。

まだこの頃の私には、無理にでも学校へ行ける気力があった。

しかし、その気力は次第に確実に失われていった。

中学2年生に入ってから、友達との会話の中で性に関する話題が増えてきた。

そして、いろんな話を聞いていく中で、あの日のりょうくんとの出来事の意味を知ったのだ。何をしようとしていたのか……。

理解してしまったときは、また違う衝撃を受けた。

納得はもちろん、心の整理などつくはずもなかった。

そこから徐々に、私の欠席日数は増えていき、中学3年生の頃には力尽きたようにまったく学校へ行けなくなっていた。

家でも本当に辛い日々だった。

朝、母親に起こされ学校へ行かないと判断されると、その日は夜まで完全に無視、放置である。

この頃には私は、夜は一睡もできず、朝、母が行かせることを諦めて私の部屋を出て行くと、そこから泥のように眠る毎日。

会話もしてくれないし、食事も用意されていない。

昼頃に目を覚ますと、私は母親がいるリビングを通りキッチンへ行き、食パン一枚とお茶を持って自室へと戻る。

「お母さん」と声をかけても返事すらなく、私の記憶にあるのは、テレビに向かったままの母親の後ろ姿だけだ。

まるで、私はこの家にいないような、この世にいないような気さえしてきた。

そんな苦痛を味わってから私は、平日の朝から夜まで自分の部屋から出ることをやめた。

しかし、夜になると威圧的な父が帰ってくるという、また違う恐怖が待っている。

いっきに緊張感が高まる瞬間だ。

夕食のとき、母親から声をかけられるまでは、息を潜めているような毎日。

父の前にいると心も身体もこわばる。

「学校へ行ったのか？」

ある日、ふと夕食を食べながら父が言った。

私が何も答えずにいると、父はテーブルをものすごい勢いで叩き、私はもちろん兄や弟も黙って食事を終えた。今でも覚えている。あの日の夕飯のシチューはまったく味がしなかった。

毎日毎日、そんな苦痛な時間を過ごしていく中で、私は自分の部屋では、ひたすら音楽を聴きながら、ただだらしなく、布団に転がっているだけの日々。

父には「怠けているだけだ」「頑張りが足りない」と罵られた。

この現状を打破したくても、りょうくんとの出来事を話せない以上、何も変わらない。

私は、完全に孤立し、生きているのか死んでいるのかさえも分からなくなりそうだった。

この、言葉にできない辛さ。

——どうして分かってくれないの？

——これ以上、私はどう頑張ればいいの？

そして、りょうくんとの出来事の意味を理解してからというもの〈りょうくんがそんなことをするわけがない〉〈私の受けとり方が悪かっただけだ〉という、りょうくんを庇っているともとれる、意味の分からない思い込みに自分を責め続け、とても長い期間苦しめられた。

そして、私が中学生になったときに兄と部屋がわかれ、私の部屋として母と父の寝室であったあの部屋をもらった。

りょうくんはあの出来事の後でも変わらず、何度も家に遊びに来ていた。

基本的には、兄と遊ぶためだが私は彼を避けるようにしていた。

りょうくんが家に来るたび、私は身体がこわばり緊張感が走る。

一人部屋になって、どこか安堵感があったけれど、それも消えることとなった。

数回、りょうくんは私の部屋に入ってきた。

ノックをされると緊張と恐怖で身体がこわばってしまう。

でも、特に用はなく「彼氏はできた？」なんて、他愛もない世間話をし、兄の部屋へ戻っていくパターンが多かったけれど、あの日は、世間話のような会話をしながらりょうくんは私のベッドに腰掛けた。

私は、机に向かっていたのである程度の距離はあったがなぜなのだろう。

何気ない話をしながらもまるで誘導されてゆくかのように、私は気づくと後ろ向きで、りょうくんの膝の上に座ったのだ。今考えても、何度思い出しても、なぜ自らそんな行動をとったのか分からない。彼から漂う空気感を察し、マインドコントロールでもされたかのように、私は膝に座ったのだ。

座ってからは、お互い言葉はなかった。

少しずつ、りょうくんの手が私の太ももの辺りを触り始め、心臓が口から出るんじゃないかと思うほど、聞こえるのは自分の激しい鼓動と恐怖感だけ。

思考が止まったように頭は真っ白だった。

ちょうどその時、6つ下の弟が突然「お姉ちゃん」とドアを開けた。

その瞬間、りょうくんと私はサッと立ち上がり、りょうくんは何事もなかったように兄の部屋へと戻っていった。なんというタイミング。

私は、弟に感謝した。

もしあの時、弟が部屋に入ってきてくれなかったら、私たちはどうなっていたのだろう。

考えただけで、ゾッとして背筋が凍るようだ。

そして、それ以降りょうくんが私の部屋に来ることはなくなった。

なぜなのか。理由は、彼にしか分からない。

未だに謎のままである。

私はずっと、不登校になってからというもの、両親にとって私はなんなのか。

常に自問自答する毎日。

そんな私でも、初めの頃は週末の土日は友達と遊びに出掛けていた。

しかし「学校には行かないのに、遊びには出掛けるんだね」という母親の些細な一言が、更に私を苦しめた。私への嫌味なのか、なんだか責められている気分だった。

学校へ行かない私は、友達と遊びに行くことも許されないのか。

母親の言動を疑うというより、当時の私は、私が悪いのだという結論にいつも至ってしまう、癖のようなものがあった。

学校へ行かなければ、食事も、会話も、遊びも許されない。

りょうくんや両親に腹を立てるのではなく、常に自分を責め続けた。

それからは、遊びに行くのもやめ、自分の部屋にこもり続けるだけの日々。

話す相手もいない。

そんなある日、私は悟った。

無条件の愛などこの世にはないということ。

親でさえ、学校へ行かないということだけで罵倒され、無視され、当時の私には、父は世間体を気にしているだけの嫌な大人というイメージが強かった。

母は、ただ父の機嫌を損ねないようにすることしか頭になく、私のことや他のことは何も考えてはいない、空っぽのような人に見えた。

今の私に目を向け、寄り添うような雰囲気は微塵もなく、過去の先生たちの身勝手な言葉も含め、当時の私はただ、大人はなんて汚い生き物なんだということだけを強く思い、私の居場所はどこにもなかった。

そんな生活の中で、一人ぼっちの私にとって音楽は唯一の友のように思えた。

音楽は、私を否定してはこない。

逆に、そっと私の心に静かに寄り添ってくれる。

そして、鬼束ちひろさんの楽曲に出会い、私にとってものすごい衝撃と影響を与えた。

彼女の書く歌詞や曲調に瞬時に引き込まれていった。

特に『眩暈』という楽曲は私にとって特別な存在であった。

まるで、今の私の気持ちを代弁してくれているかのようで、ひたすらその曲を朝から夜まで聴き続けていた。

聴いているだけで、なんだかとても心が落ち着いたのだ。

彼女の曲に出会い、私は、歌詞や言葉には、こんなにも人の心を強く揺さぶるほどの魅力があるのかと知り心が震えた。

その影響なのか、私はふと思い浮かんだ言葉が出てくると自然とノートに書くようになっていた。それは、詩と呼んでいいものなのか。

特に理由もないのだが、浮かんでくる、次々と湧いてくる言葉たちを書き留めずにはいられなかった。それは、今も変わっていない。

移り変わる空の色。

雲の形の変化。

雨の匂い。

特に雨上がりの香りは独特で、季節にはそれぞれ独特の香りと雰囲気があり、すべてが、儚く愛しいと思うようになった。

子どもの頃、近所の友達と遊んでいたら、突然雨が降り始め、友達は急いで家に帰っていったが、私はその雨に打たれていたい気分になった。

私は、ただ目を瞑り空を見上げながら、髪も服もずぶ濡れになるまで雨を浴びた。

全身で雨を感じてみたかった。でも、それよりももっと深いものが、この世にはあるような気がした。雨に濡れるという単純な感覚だけではなく、春夏秋冬、それぞれ独特の香りと雰囲気に感動を覚えるようになっていき、その雰囲気や感覚を何かで表現したいと、綴る詩の他に、写真を撮ることが自然と好きになっていった。

今思うと、当時は一種の現実逃避でもあったのかもしれない。

大人はもちろん、自分自身も含め、人間という生き物は腹黒く、汚らわしく思えた。音を奏でる美しい楽曲や、空や雨、季節の色とりどりの草花はとても神秘的で、中でも草花は雨と太陽という二つの必然ともいえる、自然のサイクルで美しい草花を咲かせる。

乾いてひび割れた地面も、雨が降ると滑らかになり、とても満ち足りていくように私には見えた。

ひまわりは、太陽の方向へと咲くと何かで知ったとき、ネガティブな考えだけに囚われている自分とはまったく正反対で、明るい方へと目指して咲く向日葵たちに憧れた。

私も、向日葵のようになりたい。そう強く思った。

それは今でも変わらず、向日葵は、私にとって特別で眩しい存在のひとつだ。

11歳〜13歳の頃に書いた詩を、大人になった今読み返してみると、あの頃の感覚が鮮明に蘇る。

私は、あの頃何を感じ、何を思い生きていたのか。

思い浮かんだ言葉を綴り始めた頃、自然と始めたのが日記だった。

毎日、みんなが寝静まった夜に一ページを目安にその日思ったこと、出来事でもなんでもとにかく毎日書き綴った。今思うと信じられないが、その日記は、尽きることなく5年にも及んだ。

紙一面にびっしり書かれた何冊もの日記や詩は、当時の辛い現実をなんとか生き抜くために、私は日記や詩を書いていたのかもしれない。

私の本心、疑問、すべてをそこにぶちまけることで私の心はなんとか保たれ命を繋いでいた。

しかし、それも結局一時的な逃避でしかなく、私にもついに限界が訪れ始めた。

母が出掛けたタイミングで、食べ物を求めキッチンへ行くときがあった。

いつもはすぐに立ち去れるように食パンなどだが、その日は他にカップ麺など簡単に食べられる物を探して、ある日部屋でゆっくりと食べていた。

〈コソコソと、どうして私はこんな生活をしてるんだろう?〉と、急に虚しさと無力感と孤独が押し寄せ、気づくと箸で左手首を何度も突き刺していた。

血が出るほどではなく、自然と起きた謎の行動であったが、その傷跡を見ると妙にホッとする感覚に襲われた。

こんな感覚は、ある意味独特で初めての体験だった。

その時は、特に理由もなく疑問も持たず、ただ傷跡を見てホッとした気分に浸った。リストカット、自傷行為など、そういった行動に名前があることなど、当時の私は知らなかったが、その感覚を覚え始め徐々に心は破綻へと向かっていった。

泣く時ももちろん一人ぼっちだ。

夜、泣いていたある日。

これからどうしたらよいのか、すべてに対して結論や希望を見出せずもがいていた。ただ、辛い、苦しい、寂しい。

〈こんなはずじゃなかったのに……〉と突然、元気に学校へ通っていた自分と今の自分の状況のあまりの違いに、絶望し泣き続けた。

夜中は、とにかく孤独感に襲われ、昼間は、無力感に襲われた。

そしてある日、ある答えに行き着いた。

もう心なんていらない。

心なんてあるから辛いんだと……。なんとも単純な話だ。

〈私は、寂しくない。苦しくない。辛くない。哀しくない。〉

まるで念仏のように、毎日毎日、自分に言い聞かせた。

すると、不思議なことに、その感情から解放され始めたのだ。

何を言われても、何をされても、何も感じなくなるのは、案外簡単なことのようだった。

しかし、喜ぶという感情だけは、自分から切り捨てることに苦戦し、かなり時間を要してしまった。

そして、切り捨てる方法として浮かんだのが、良いことがあった後に嫌なことがあると、その落胆さはとても大きいということ。喜んだってすべてが台無しだ。

いや、むしろマイナスになるほど心には大きなダメージだった。

そんな思いをするくらいなら、もう喜ぶのをやめたい。

それを痛感して、毎日思い込み続けることで、私はついに13歳で喜怒哀楽すべての感情を切り捨てることに成功した。

その後は、なんだかとても楽になり、人や物事すべてを冷めた目で見ているような、冷え切った感情だけが残った。

振り回される心、感情そのものがなくなったら、人は人形のようになっていくことを知った。

でも、人形のようになったという自覚が当時はなく、ただこの方法で楽になれたということだけだったけれど、後になって振り返って考えると、心、喜怒哀楽がないなんて、血の通っていない人形ではないか……。

当時の写真は、どの場面の写真も表情がまったくなく、無表情に近い。

喜怒哀楽という私には邪魔だったものを切り捨てたことで、私は本当に楽になった。

ひとつひとつの出来事に一喜一憂していたら心がもたない。

人形のように変わってから、家にいても苦痛を感じなくなった。

何を言われても、言われた言葉たちは心ではなく、まず頭にしまう癖がつき始めた。

その言葉の意味や理由、疑問を、まず頭で認識し、分析して、それに対してどう対応すればいいのかだけを考えるだけで済む。

TPOに合わせて、笑ったフリ、楽しそうなフリも次第に使い分けできるようにもなっていった。

そして、中学三年生になり高校受験に向けて、学校側、担任の先生や父親も含め、学校へ行かせようとする動きが始まった。

とりあえず、保健室登校で構わないから、出席日数を増やしてほしいと、担任の先生に言われ、気が向いたときだけ保健室登校をした。

でも、高校に進学したところで、楽しい未来など待ってはいない。

小学校、中学校と同じ線上に高校というものがあるだけで、この敷かれたレールにのることが当然のように周りは動いてゆく。

まだこの生活を〝義務〟を続けさせられるのか。

そんな中学最後の年、保健室登校で学校にいた私に、保健室の先生が話しかけてきた。

「何か悩みでもあるの？　あるなら、話してみてくれない？」と。

私は、大人など信頼できるわけもなく「別になにも……」とあっさり答えた。

それに対し、先生は〈あっそ……〉と言わんばかりの顔をし、突然掌を返したかのように態度が冷たくなった。

私は、大人なんて、先生なんて、ただの立場と形だけで本気で私の心配などしているわけがないと思っていたので、特別ショックでもなく、大人への不信感を再認識させられただけだった。

心配しているフリ。優しくするフリ。もう散々だ。

正直、高校なんて当時の私にとっては心底どうでも良かったのだ。

けれど、どこも受験しないというわけにはいかず、公立の高校は自宅から通えてランクの低い学校を受験し、滑り止めは本当に何も考えず先生に言われるまま、電車で一駅ほどの所にある、私立高校を受験した。

どうせ受かったとしても行ける自信はなかった。

中学校3年生の成績は、ひどいものだった。

学校へ行っていない上に、授業もまともに受けていないのだから当然のことだが、すべての科目の評価は1だった。

それなのに、公立の高校に合格してしまった。

どちらも落ちてしまえば、この謎の地獄から抜け出せるような気がしていたのに、その期待は見事に裏切られる形となった。

高校も義務教育かのように周りが動いている以上、ここで抵抗しても無駄だと思い、淡々と入学の準備をし、私は高校に入学した。

地元は田舎で、学校数も少なく、同じ中学から入学した人も多かった。

でも、環境が変われば、学校を克服できるかもしれない。僅かではあるけれどそんな期待も持ちつつ、私は高校へと通い始めた。

でも、人は突然そんなに簡単には変われないものなのか。

まともに通ったのは最初の一週間だけで、そこからまた登校拒否となり、わずか一か月で休学届を出すこととなった。

退学届ではなく、なぜ休学届なのか。

退学届を出してしまうと、戻れる可能性が0になってしまう。なので、父が一年ゆっくり考えろ。もしかしたら気持ちが変わるかもしれないと言ったからだ。

無駄なことをと思いつつも、私は何も考えず淡々と休学届を提出し学校を去った。

## ――出逢い

私が心を切り捨て人形のようになり楽になってきた、13歳の夏。

夏休みに、父がパソコンを買い、インターネットもできるようになり、私は夏休みに軽い気持ちで、メル友募集の掲示板に書き込みをした。

《メル友》というのは、当時の流行りのようなものだったので、好奇心でそれに乗っかってみただけだったが、その時、初めてメールをしてきたのが、一樹だった。

互いが、初めてのメル友だった。

まさかこんな形で、こんな出逢いがあるなんて、誰が予想しただろう。

私は、ひょんなキッカケで彼と出逢い、私の思い出したくもない、暗黒のような長い日々が、それから21年の時を経て変わっていったのだから不思議だ。

他のメル友は長くは続かなかったが、一樹とのメールだけは続いた。毎回お互い長文で、夏休みということもあって毎日メールのやりとりをした。

やりとりの内容は、当時私は母に話していた。

そして、一か月ほどメールのやりとりをした夏休みの終わり頃。

「一度、会って話してみたいね」と一樹からメールがきたことがキッカケで、私たちは会うことになった。

メールの内容を知っている母はあっさり承知してくれたが、一回りも年上で、訳あってまだ大学生だった当時24歳の彼と会わせることに、やはり父は猛反対だった。

でも私は諦めず、どうしても会いたいとお願いすると、父が「実家はどこなのか。大学はどこなのかを教えてほしい」と条件を出した。

父が反対している旨を話し、一樹は「信頼しているので言いますね」と、実家の場所や大学の名前を偽りなく書いて返信してくれた。

父もそれでようやく会うことを承知してくれたが、待ち合わせ場所は電車で少し遠く、初めて行く駅だったのと、安全のためにそこまでは母と同伴した。

そして当日、約束の時間通りに一樹は来た。

挨拶を交わし、帰る時間を決めて、母は立ち去ったが、一樹の第一印象は、本人に言ったら怒られるかもしれないが、あまりタイプの顔ではなかった。

中学生の男の子たちしか知らない私にとって、24歳の一樹は、恋愛対象には遠いような気もしていたし、地元の田舎ではなく、都会で会っていることもあってか、どこか大人の男の人という雰囲気だけを感じた。

「どこで食事しようか？」と言われたが、初めて都会に来た私は右も左も分からないので、お店は一樹にお任せした。

そして、近くのレストランで食事をしたのだが、私は緊張しすぎて空腹感がなかったため、一応注文したパスタをほとんど残してオレンジジュースだけ飲んでいた。

一樹は、メールから想像する人柄とまったく変わらず、メールで話していた話題など一生懸命話しかけてくれた。

その頃の私は表情が読めない人形のような感じだったので、今思うととてもそっけない愛嬌のない女の子に映っただろう。

コップの水が空になったのに気づいた一樹が、コップに水を注ごうとしてくれたけれど、緊張していたのか水が溢れてこぼれてしまった。

一樹は、「服濡れなかった!?」とアタフタしていた。正直、スカートが少し濡れたけれど、私は「大丈夫です」と返した。

その後は、水族館へ行き、途中土産売り場でペンギンのぬいぐるみを買ってくれた。

男の人と初めての水族館で緊張していたし、感情を表に出すのが苦手だったけれど、たった一言のお礼を言うことさえ勇気がいった。

「ありがとう」のたった一言が、その日私にとって、唯一なんとか努力して発したまともな言葉だった。

その後、観覧車が近くにあったので最後に私たちは観覧車に乗った。

とにかくデートみたいで終始ドキドキしていた。

そして、観覧車の中で「俺、薫さんのこと……好き……かもしれないです」と一樹に言われ、まさかの告白に戸惑った。どう返事をしていいのか。

一樹を男として見れているのかさえ分からなかった。

「ありがとう」と、とりあえず当たり障りのない言葉だけで終わらせてしまった。

一樹にとっては、それは断られたのかどうなのか、言葉の正確な意味が分からずにきっと混乱しただろう。

帰り、母と合流し、彼に手を振った。

これが、私たちの初対面である。

そして、その後もメールのやりとりは続いたのだけれど、観覧車でのあの告白のような話題は自然とお互いに避けていた。

けれど、私の中できっと男の人とまともに付き合うのは難しいんだろうなと思うようになった。一樹への気持ちが恋愛感情なのか分からないままだったのもあり、9月の終わり頃、避けていたあの日の返事をメールで返した。

「一樹さんの気持ちには応えられないです」と。

それを機に、私はなんだか気まずくなり、だんだんとメールをしないようになっていき、一樹とのメールのやりとりが減っていき終わりを迎えた。

そして、それから半年が経った頃だった。

学校に行ける日数が減っていき、精神的に限界が訪れようとしていた頃だっただろうか。

不思議とたまに、一樹のことを思い出す日が増えていった。

彼と話したい。メールをしたいと思うようになった。

それは一樹には失礼だが、恋愛感情ではなく、たぶん当時一人ぼっちだった私にとって唯一の話し相手になってくれるような気がしたのだと思う。

そして、中学3年生になった春、私は思い切って一樹にメールをした。

「この半年、何度かメールしたいって思ったんだけど、迷惑かなってしないようにしていた」と返信があった。

メル友のような関係が復活し、また毎日のように些細なメールを続けていく中で、なんとなく〈また会おう〉という話の流れになり、また母に付き添ってもらい彼に会いに行った。

映画を観に行ったり、食事をしたり、特に気まずくない空気で会えたことが嬉しかった。

そして、その後もメールのやりとりを続け、14歳の夏休みが訪れた。

私は精神的にどんどん追い詰められていた時期に入り、一樹にはとても失礼で、私は最低だと思いながらも、後先も考えずなんとなくほんの軽い気持ちで、一樹に「好き」という軽い告白をした。

「返事は、直接言いたい」と返信があり、私たちは一年前に行ったあの水族館へ行った。

水族館を楽しみ、帰る前に食事をしていたときに返事をくれた。

あとからお互いが話しても笑えてくるのだが、一樹は極度に緊張したらしく、一樹は緊張すると言葉足らずで不器用で、言葉にしようとするとなんて言えばいいのか混乱するタイプだった。「えっと……。ん〜、まぁそういうことかな」という返事をもらい、私は「???」だった。

私の頭上にたくさんの「?」が浮かぶ中、食事を終えお店を出て歩き始めたその時、一樹が私の手を握ってきて手を繋いで歩き始めた。

その瞬間、あの返事は「付き合おう」という意味だったのだと分かった。

その時は、特にこれから先のことなんて考えもせず、ある意味なんの不安もなく、初めて男の人と手を繋いで歩いていることが、14歳の私にはとても不思議な気持ちがした日だった。

一樹と交際を始めてすぐの頃だった。

次のデートはプールにしようという話になり、私は初めて男の人とプールに行った。プールの中で、浮き輪に掴まりながら一樹と肌が密着するたび、とにかくドキドキしていた。

今思うと、あの頃はその程度であれば、りょうくんとの出来事によるフラッシュバックは起きなかった。

最初にも書いたように、一樹がタイプの人というわけでもなく、なんとなく交際をスタートさせてしまったダメな私ではあったが、このプールからの帰りのバスの中で、気づくとコテンと私の肩に一樹の頭が乗っかってきて、顔を覗き込むと一樹は疲れたのか眠っていた。

この、何気ない、特別でもなんでもないこの出来事。

なぜだろう。その瞬間を今でもリアルに思い出せる。子どものような、無防備で屈託のないその表情を、彼の寝顔を見たとき、初めて彼を愛しいと思った。

愛しい。好き。という感情が、突然私の中にふっと湧いた。

結果的に、それは良かったことだけれど、その好きという感情を知ってしまったことで、私にとって、これが未知の闘いの始まりになるなんてその時は思ってもいなかった。


私は感情をすべて切り捨てることに成功した後に一樹と交際を始めたので、変わらず人形のようだった。

喜怒哀楽を出さず、基本的に淡々として冷静で、表情が読めないような人間だった。

それでも私を好きだと思ってくれる、そんな気持ちになってくれる一樹が不思議でならなかった。

そして、男の人と交際するとはどういうことなのか。軽く告白して始まってしまった付き合いだったため、ちゃんと考えていなかった。

でも、好きになった一樹と会うのは私にとって唯一の大切な時間となっていった。

学校へも行けず、母や父ともうまくいっていなかったが、人形であれば、家の中ではなんの問題もなかった。

でも、一樹と会うと私は毎回自分自身に戸惑うようになっていった。

好きという感情は、必然的に〈嫌われたくない〉という感情が生まれてくる。

家でも、長い期間人形のように過ごしてきたはずなのに、一樹と一緒にいるとき、特に出掛けてウィンドウショッピングをしたりしている中で、少しでも黙ったり、沈黙が長く続くときがあったり、些細な変化があるだけで〈私は何か怒らせるようなことしたのかな〉と心の中で突然どうしようもない不安に駆られ、でもそれを言葉にすることもできず、一樹の顔色を窺うばかりで、少し前の父と母との関係で味わった不安やビクビク怯えていた自分に、瞬時に戻されたような気分になった。

一樹にとっては特に意識もしていない普通の言動だったのだろうが、私は切り捨てたはずのあらゆる感情が蘇ってきてしまい、私にとって厄介な【感情】というものに振り回されるようになっていった。

そのうち、一樹と外でのデートはやめたいと思うようになった。

機嫌を窺いすぎて、それだけで疲れ切ってしまう。もちろん、それを一樹にいちいち確認することもできず余計に疲れてしまう。

なので、一人暮らしの一樹のアパートで一日過ごすのが定番になっていった。

ＤＶＤを借りて観たり、簡単にパスタなどを作ったり、デリバリーを頼んで食べたり、とにかく家の中で過ごすのが一番機嫌を窺い怯える必要が少なく、私は少しだけ一緒にいる時間が楽になれた。

だが、またその後新たな問題にぶち当たった。

一緒に並んでDVDで映画を観ている時、軽く肩をひっつけたり、手を繋いだりはしていたが、それ以上のことは何もしていなかった。けれど、ある日、映画が見終わると軽く抱きしめられ、一樹の手が背中に回った。いつもと違う動きになっただけなのに、私はそのとき初めてフラッシュバックというものを起こした。

あの日の記憶と突然交わり、あの日の恐怖と感触が全身を走り、心臓の音が急速に速くなり、私は全身汗をかき震え始めてしまった。

一樹はりょうくんではないし、あの日触れられた所でもなんでもないのに、どうして……と、私の頭の中もパニックとなった。

一樹は、私の急な異変に気づき心配してくれた。

メル友だったのもあり、一樹にはメールのやりとりの中でりょうくんとの出来事は簡単には話していた。

でも、一樹も戸惑ったと思う。

私は嫌われたくないから我慢しなきゃと必死だったが、身体の震えや恐怖感は止まらず、冷静さを失ってしまった。

一樹とこれからも一緒にいること、まともに男の人と付き合うことはできないのだと全身で痛感させられた瞬間だった。

そして、好きなのに触れられるとフラッシュバックが起きるという、自分ではコントロールができない事実に絶望し、遅かれ早かれこれが理由で一樹は私から離れていくに違いないと思った。

一樹は、何度も私に謝り「ごめんね。急がなくていいよ、少しずつ慣れていければいいんだよ」と言ってくれたが、その日の私はその言葉を鵜呑みにはできずにいた。

初めてフラッシュバックという経験をし、こんな恐ろしい感覚が簡単になくなるわけがない、慣れる日なんてくるはずがないと、帰りの電車の中で初めての体験と絶望に涙が出そうになった。

これがキッカケで嫌われたのではないか。私は好きな人と触れ合うことも結ばれることすら、一生無理なのではないかと、とにかく絶望した。

ただ一樹と付き合い始めてから「学校は休むのに彼には会いに行くんだね」の、前にも似た母の嫌味のような言葉に、言い返すことはできなかったが、初めて母の言葉に抵抗した。

友達のときはその言葉をキッカケに遊ぶのをやめたけれど、私は一樹と会うことだけはやめなかった。

両親と同じように、機嫌を窺いビクビクしてしまうかもしれないけど、一樹と一緒にいて、手を握ってもらえるだけで心が落ち着いた。

友達とは違い、今の私から彼をとったら何が残るというのか。

私は本当に運の良いことに、一樹という優しい人に出逢えたことによって、ひとつの壁を乗り越えることができた。

本当に少しずつ、一樹は私に気を配りながら距離を縮めていってくれた。

抱きしめられることに慣れ、触れ合うという単純な動作を、そのたびにフラッシュバックを繰り返しながらも諦めず、私たちは、互いに時間をかけながらではあったが、ひとつひとつを長い年月をかけ克服していった。

一樹に対しては、常にごめんという気持ちしかなく「普通ならこんなめんどくさいことしなくて済むのに、本当にごめんなさい」と伝え続けた。

でも「俺は薫が好きだから一緒にいるんだし、そこは気にしなくていいんだよ」と優しく受け入れ続けてくれた。

彼は理性的で優しく、何より常に私のことを第一に考えてくれた。

だから私はたまたま克服できただけで、克服できずにいる人はきっとたくさんいるのではないか。

私がフラッシュバックによって絶望したあの日のように……。

過去のトラウマというのは不思議なもので、年月が経とうとも、頭で整理ができていても、同じ状況や人物でなくとも、心というのは正直、そんなこととはまったく関係なく勝手にトラウマである出来事に直結してくるのだ。

それは、私のような性の分野でのフラッシュバックに限らず、トラウマとなる出来事を深刻に抱えている人は悩み苦しんでいるのではないだろうか。

私の場合ではあるが、私が克服できたのは本当にたまたま運が良かっただけだと思っている。

相手が一樹ではなかったら、もしかしたら無理に関係を迫ったり、初めは理解を示していてもいつまでもその状況が続くと、だんだんと嫌気がさして別れる男性は多いかもしれない。その別れが、どちらが悪いわけでもないのに当人は自分のせいだと責めてしまい、その別れによって更にトラウマになり、男性と交際することはやっぱり無理なのだと絶望したまま人生を送っていたかもしれない。

私は大きな壁のひとつを乗り越えられたけれど、もちろんそれからはもう大丈夫というわけではなかった。

忘れかけた頃にまたフラッシュバックが起きることもありながらも、何年も月日を費やし、互いに諦めず努力し、歩み寄っていくことで、一樹との関係が深まっていくことが単純に嬉しかった。

興味本位なのか、身勝手な欲望でそういう行為をする人間がいる一方で、一樹のような人もいるということ。

きっとそれは一樹だけじゃなく、そんな優しい人がこの世界のどこかに必ずいると私は信じたい。

希望を捨てないでほしいなんて、そんな軽率なことは言えないけれど、決して諦めないでほしいと伝えたい。


一樹と交際していく中で、中学に引き続き高校にも行けていないことを、私は一樹にはちらっとしか話さないまま高校に進学した。

一週間の登校の後、再び不登校になり休学になるまであっさりといったのには理由がある。私の家出事件があったからだ。

高校に入学してすぐの段階で、私は学校へ行くことが怖いと感じてしまっていた。

あの日もとりあえず怯えながらもいつものように学校へ行く支度をし、もちろん行くつもりで家を出たが、途中で足が止まってしまった。

〈もう今日は行けない。なんとか行ったことにしてごまかそう〉と思った時、視界に駅が見えた。

そして気づくと、私は電車に乗って一樹のアパートへと向かっていた。

一樹は、学校があるはずの平日に、連絡もなしに突然アパートに来た私を見て「え、学校は？　制服のままどうしたの!?」と驚いていた。

この日は、とにかく夕方までに何事もなかったかのように家へ帰れば今日休んでしまったことはごまかせるだろう、という考えが前提の行動だった。

一樹はあえて学校や急に来た理由には触れないでくれた。

そして夕方、駅のホームで別れ際に「ちゃんと帰らなきゃダメだよ?」と一樹に言われた。

「うん」とは答えて別れたものの、電車に乗ってすぐだった。

帰りたくない。帰れない。もう学校にも行けない。もう嫌だ。もう限界だ。そう思った。

帰宅することはもちろん、学校のことなど、もうすべてに対し、心と身体が全力で拒否していた。

私は、とっさに一駅で電車を降りてしまった。

行く当てもない以上、駅から出て近くの公園で暗くなっていく空を黙って座って見ていることしかできなかった。

もちろん自分が今何をしなければいけないのかは分かっていた。

でも時は待ってはくれない。

私の気持ちや焦りに関係なく、無情にも時間というのは過ぎていくのだ。

そして日が沈み、母親から携帯に着信が入り始めてしまった。もちろん電話に出ることはできなかった。

出たところで、私はなんと言えばよいのか。

何一つ言葉が出てこない。言葉が見つからない。

また責められるのも、あの地獄の生活に戻るのももう懲り懲りだと思った。

父からも着信が入るようになり、このままどこかへ消えてしまいたいと思った。

両親からの電話に戸惑っているうちに、気づくと夜8時になり、結果的に私は一樹のアパートへ戻るしかなかった。

戻ってきた時、初めて一樹は怒った。

「なんで戻ってきたの！」

私は、初めて人を頼った。すがるような気持ちで一樹の元へ戻ったのに、一樹に怒られたことで私にはやはりどこにも居場所はないのだと思えて、涙が出そうになった。

鳴りやまない着信。放置していても解決しない。

一樹が電話に出てくれた。

そして「今日はとりあえずそこに泊めさせてもらって、明日薫を連れて家に来てほしい」と父は言ったそうだ。

私は、家出する気はなかったのに些細なキッカケでとんだ大騒ぎになってしまった。

でももう本当に限界だったのだ。

翌日、彼と電車で私の実家の最寄り駅まで行き、父が迎えに来てくれていた。

その日が、7か月付き合ってきた一樹と父の初対面だった。

一樹も車に乗り、私の実家に行って話をした。

そしてその時、父は「学校はもう行かなくていい。一樹くんと暮らしなさい」とだけ言った。

家出してしまうほど追い詰められているなら学校へ行かなくてよい、というだけなら理解できる。

でもなぜ、一樹と暮らすことになるのか。

きっと理由は《薫は一樹くんを頼ったから、一樹くんと一緒にいればいい》という、単純かつ親としては無責任な発言だと今でも思う。

高校生の娘に、男と住めという親がいるのだろうか。

家出するほど追い詰められていたと解釈したのなら、その時に親がすべきことは何がそんなに娘を追い詰めたのか、ちゃんと向き合って話すいい機会だったのではないのか。

そして、その父の言葉がキッカケで、私は一樹とあの1Kのアパートで半同棲生活を始めた。

私は、まだ15歳だった。

## ――二人立ち・半同棲生活

15歳から一樹との半同棲生活が始まった。

一樹は、当時はまだ大学生だった。

一樹は高校の時に人間関係に疲れ、高校を辞めて高卒の資格をとって大学に進学したいと両親にお願いしたという。しかし、普通に高校を卒業してくれと猛反対され、一樹は仕方なく高校を卒業したそうだ。

しかし、高校を卒業するためだけに精神力を使い果たし、卒業後すぐに大学に進学する気力がなくなってしまったそうだ。高校からガクンと成績も下がり勉強もはかどらなくなり、大学を受験したものの受かる気もなかったので希望の大学にすべて落ち、それからは予備校に通いながら4年間浪人生活をした。

20歳になって一樹は実家を出て、予備校に通いながらアルバイトをし、一人暮らしを始めた。

そして、ようやく大学に入学したのが22歳の時だった。

一樹も学校がどうも苦手らしく、具体的な理由を聞いても明確に答えられないと言って、社会人になってからよく言っていたのは、学生生活よりも会社員の今の方が比べものにならないくらい気持ちが楽だということだ。普通は逆だと思う人も多いだろう。

でも、一樹はそういう人だった。

大学生活も順調にはいかず、途中で疲れたのか単位を落としたりして、2年留年したので、私と暮らし始めた時も、まだ一樹は大学生だった。

私は一樹と暮らし始めて、最初は単純に好きな人とたくさん一緒にいられることが嬉しかった。ただ長い時間を一緒に過ごすとなると、どうしても一樹の機嫌を窺うばかりの毎日になってしまっていた。

何をそんなビクビクしているのか……。

家出の件以来、父と母からの威圧感や無視される生活からは解放されてはいたけれど、あの生活が染みついているのか、一樹に嫌われたくないという感情が私と彼との生活を邪魔した。

相手が両親ではなく、一樹に変わっただけである。

それでも私は一樹と一緒にテレビを見て、一緒にご飯を食べ、一緒にお風呂に入り、たまに散歩をして、一緒に眠りにつく。そんな普通の毎日を送れることが本当に幸せだった。

機嫌を窺い怯えた生活ではあったが、それよりも一緒にいたい気持ちが上回っていたから一緒にいられた。

でも根本的な解決にはなっていなかったのだろうか。

結局、私は父や母からの愛情を欲している小さな子どものままで時計の針は止まり、それが私の何かを狂わせていたように感じる。

私は一樹と一緒にいるのに、ネットでなんとなく援助交際を始めてしまった。

特に理由はなかった。

一樹に不満があるわけでもないのに、どうしてそんな事をしてしまったのだろう。

たまたま知り合ったかなり年上の男性と定期的に会うようになった。

結局その人と半年くらいそういう関係だけが続いた。

一樹に嫌われたくないはずなのに、知られたら嫌われるようなことをしている自分。

私は常に矛盾だらけだ。

一樹と暮らし始めてもまだ人形のように感情が死んでいる部分があった私は、淡々とその人と会い、ホテルに入り、まさに感情のない冷え切った人形のように淡々と男の要望に応え、電車で一樹のアパートへと帰っていた。

半年ほど経った頃、私は、その人と会うのをやめた。

それも特にこれといった理由はなかったけれど、一樹は私の微妙な変化に気づいていた。

いつも思う。

なぜ、私の裏の行動に気がつくのだろう。

些細な私の変化を、一樹は一度たりとも見逃さなかった。

もちろん一樹は疑いながらも心の奥底ではいつも、俺の勘違いであってくれと願っていたはずだ。疑うより信じることを大切にする、それが一樹だ。

だからいつも直球で聞くのではなく、誘導しているかのように私から告白するよううまく促され、私は援助交際の事実を話した。

もちろん、もうこれですべて終わりだという覚悟だった。

けれど、なぜか一樹は私を見捨てなかった。

親の愛情に飢えているから、そういう行動をとってしまうと判断したのだろうか。

一樹は感情に任せて怒るわけでもなく、彼から「別れようと」いう言葉はなかった。許してくれたという言い方が正しいかは分からない。当然のことだけれど、それからは関係がギクシャクした生活に変わった。

一樹はたまにどこかイライラしていて、だからといってその話をするわけでもなく、よく分からない小さなすれ違いから起こるような喧嘩がたびたびあった。

でも、何を言われても私が全部悪いのだから、あまり言い返せずただ泣くしかなかった。

それでも一樹は私を拒まず、突き放すこともなく抱きしめ、泣きながら小さく背中を丸くするだけの私を受け止め続けてくれた。

そして16歳になる頃、私は初めてアルバイトを始めた。

一樹のアパートから徒歩圏内の、コンビニエンスストアだった。

私は週に3回、数時間アルバイトをし、一樹は大学に通い、そんな生活に変わっていったのだけれど、アルバイトを始めて2か月も経たない頃、予想外にもアルバイトも学校と同じように行けなくなってしまった。

仕事内容や人間関係など、特に不満は何ひとつなかった。

けれど、アルバイトの時間が近づくと、学校の時と同じく《時間になるのが怖い》という得体の知れない恐怖に襲われ始めるようになった。

当日突然休みますという連絡さえしづらくなり、結果、無断欠勤を繰り返す形になってしまい辞めさせられてしまった。

しかし、アルバイトを辞めさせられた時の正直な感想は、ホッとしたのだ。

もうあの謎の恐怖感に襲われることもなくなるのだと思うと楽になった。

だがそれも束の間で、その後には私は学校にも行けない。アルバイトすらまともにできないという現実に、強いショックを受けた。

アルバイトを辞めてからは、私は何もできないダメな人間だと思い詰めるようになった。

でも、一樹はそんな私を励ましてくれた。

同棲生活を始めてからも、私は週末は実家に帰っていた。

一樹とは平日に過ごし、家族が休みの週末は自宅で過ごし、毎年、祖母の家でみんなで年越しをしていた。他の兄弟は18歳を過ぎると独り立ちしたが、20歳になるまでは家族での年越しを続けた。

もちろん、父や母に言われたわけでもなく、私の意志で勝手にそうしていた。

やっぱり私は、心のどこかで、家族との時間、家族愛に飢えていたのかもしれない。

しかし、アルバイトを辞めてからは再び、一樹の帰りを待つ間、夕飯を作ったり、洗濯をしたり、部屋の掃除をしたりと、16歳、17歳は主婦のような生活をしていた。

たまたま大学が休みのあの日。窓を開けて二人で布団でゴロゴロと昼寝をしようとしていた時、近所にある幼稚園からお遊戯の音楽や子どもたちの楽しそうな声が聞こえてきた。

一樹は「う～ん、うるさいなぁ」と言っていたが、私は不思議とそんな子どもたちの声や姿を見ていると、なぜだかとても心が落ち着いた。

その時、私は生まれて初めて【夢】というものを持った。

保育士になりたいと本気で思った。

もちろん、初めは純粋に保育士になりたいという夢だったが、ずっと母を見てきてお金のためだけに離婚しない姿に軽蔑もしていた。

私はお母さんみたいにはなりたくない。

もし保育士になれれば、資格をとり、もし結婚して離婚となっても、この資格は私自身を守り、少なくとも、あの母親のようにはならない道を導いてくれるようにも思えた。

母とは違い、自立した女性になりたいとずっと思っていた。

それからいろいろ調べ、大学に入学するには中卒では無理なので、高校卒業と同じ扱いにもなり得る、高卒認定試験を受けるための勉強を始めた。

私の場合、8科目合格しなければいけないという最初の試験は、一発合格とはならなかった。

中学でろくに勉強もしておらず仕方ないとはいえ、どうしようかと考え、父にお願いをして予備校に通わせてもらった。

その後はほぼ実家の生活に戻り、平日は高卒認定試験のための予備校に通い、週末は一樹のアパートへ行く生活へと変わった頃、私はまたアルバイトを始めた。

前回の経験があったことからコンビニエンスストアで週に4日、アルバイトを始めた。

前回の不安もあったが、そこのオーナー夫婦がとても優しい人柄で親切な方だった。

こともあってか、15歳の時より私の中で少しは何かが成長したのか、そこのアルバイトの時は特にあの恐怖感も襲ってくることはなく、シフト通りに働ける日々に変わっていた。

一回目のアルバイトの時は、先のことを考えると不安しかなかったけれど、二回目の今回は続けられている事実が、少しの自信と希望を持たせてくれた。

アルバイトをしながら予備校にも通い勉強をし、当時の私にとっては大変ではあったけれど、私の日々は充実していた。

一樹とは、たまにファミレスで食事してお喋りしながら、苦手な数学を教えてもらった。

そして19歳で、ようやく高卒認定試験に合格し、私は地元の大学の幼児教育学科に入学することができた。

この時の私は、本当に喜びと希望に満ち溢れていた。

やっと、やっと、やっと、私の人生が始まると思えた。

入学式での、あの日のいろんな意味での感動を今でもハッキリと覚えている。

今までは辛いことばかりだったけれど、やっと夢を、目標を見つけ、もう後ろ《過去》は振り返らず前を向いて歩けるような、初めて前を向けたような気がした。

幼児教育の授業は本当にどれも興味深く楽しくて、友達もできて大学生活はとても充実していた。

そして、順調に一年生の夏休みに入り、友達と遊んだり、資格取得のための保育実習もなんとか乗り切り、充実した夏休みを過ごした。

そして、後期が始まった9月。予想もしていなかったことが起きた。

また私に、あの恐怖感が付き纏い始めたのだ。

不登校になっていたあの頃とまったく同じ、あの《恐怖感》だ。

どうしてここまでやってきて、今になってまたあの恐怖に駆られなければいけないのか。

自分自身のことなのに、まったく理由も解決策も分からないのだ。授業も人間関係もなんの問題もなくきていたのに。

不登校の日々に一瞬にして戻されたかのように、朝が来ることに意味もなく怯え、毎朝学校に行けるかどうかの闘いの毎日。結局、私はその恐怖に打ち勝つことはできず、どんどん欠席日数が増えていき、ついにあらゆる学科の単位を落とし始めた。これでは留年は確定だというところまで落ちてゆき、もう今更何をどう足掻いてもダメだと悟った。

私にとって保育士になることは、初めて見つけた生きがい、純粋な夢でもあり、母のようにならないための大事な手段だった。保育士になることは、あの時の私にとっては《明るく幸せな未来を掴む》たったひとつの、小さいけれど確かな希望の光だった。

これまでの努力や自信も、あっさりと消え去った。

大学に通えない以上、保育士の夢はいっきに遠のき、私は抜け殻のようになってしまった。

通える自信をなくした今、留年するのか休学するのか退学するのか。

もちろん結論によっては加算される学費のこともだけれど、何より予備校まで通わせてもらい、自ら行きたいと言った大学に行けなくなったという事実を、私は一体父にどのように説明したらいいのか。

――そして私は、大学に退学届を提出した。

今回の退学は、高校生の時とは違う。

退学する以上、小学生、中学生の頃のように、理由を曖昧で終わらせるには無理がある。もうごまかせないところまできたのか。

10年もの間隠し続けてきた、りょうくんとのあの日の出来事をついに両親に話さなければいけない日がきたのだと悟った。

そして、私が大学のことやりょうくんとの件も含め、こうなってしまった旨を冷静に両親に話せるのか心配していたのもあり、一樹も同席し、両親と喫茶店で待ち合わせ、すべてを話した。

隣に一樹がいてくれたから、私は冷静にあの日の出来事も話すことができた。

大学を退学することは、責めたり怒ることもなくあっさり納得してくれたが、りょうくんとの出来事に関しては、私が想像していた反応とは違いすぎた。

母は最初から最後まで特に何も言わず、父は首を傾げていた。

父と話し、雰囲気や父の表情や言い方から察するに「それは性被害といえるのだろうか？」と、父は明らかに頭を悩ませているようにしか見えなかった。

確かに事実としては、未遂に分類されるかもしれないけれど、遊びの延長ともとれるという内容に似通った言葉を父は口にしたのだ。

なぜ、どうして父も母もりょうくんに対し、怒りや憤りなどの感情が湧いてこないのだろう。

当人がいないこの場での、私だけの一方的な話だけでは信じられなかったのだろうか。

なんだか、そんな両親を目の当たりにし、私は失望し、静かにゆらゆらと心が暗闇に沈んでいった感覚しかなかった。

両親に話はしたのだから、私はこの問題と向き合う覚悟を決めた。

りょうくん本人に会い、ちゃんと話がしたいと父に言った。

もうすでに結婚し、お子さんもいた彼。連絡先を私は知る術もないため、父にお願いした。

そして後日、りょうくんと連絡がついた父が話す機会をセッティングしてくれた。

この日は完全に私個人と、家族を巻き込んでの話になり得るので、一樹は同席せず、私は両親と一緒に、りょうくんと約束しているレストランへと向かった。

父は、家族や親にまではこの話を持っていかないということを条件に、必ず約束した日時に来てくれと言ったそうだ。

……何年ぶりに、りょうくんの顔を見たのだろうか。

いざ本人を目の前にすると、蛇に睨まれたカエル状態というか、小さく縮こまっていた。

私が、なかなか話を切り出せずにいると、父から話をし始めた。

何を話していただろうか。うまく思い出せない。

りょうくんは、私の言っていた事実に対ししらを切った態度と言動をしていて、そのショックからか、だんだん父の声も、周りの音さえも何も聞こえなくなっていくような感覚だった。

ただ「薫から聞きたいこと、話したいことはあるか?」と父に言われ、私はハッと我に返り、ここに来て初めてりょうくんを直視し、重い口を開くことができた。

「あの日のこと、本当に覚えてないの？」

私が知りたいのは、本当にそれだけだ。

そして「覚えてない」という返答を聞いた瞬間、目の前が真っ暗になった。なんだか心が暗く深い穴に一瞬で落っこちてしまった感覚だけしかなく、心ここにあらずといった状態になり、怒ることも問いただす気力さえ湧いてこず、ただただ絶望しかなかった。

その後のことも、よく覚えていない。

でもハッキリと分かったことは、10年もの間私が馬鹿みたいにもがき苦しんできたことを完全に否定され、なかったことにされたという事実だけだ。

その日から、心がどこに行ってしまったのかと思うほど感情が死に、恨むというより、私はなんて無力で、馬鹿なのだろうと思った。やはりただの遊びの延長で、私の受け取り方が悪かっただけの話なのかと……。虚しさと絶望というありきたりな言葉だけれど、その頃はそれしかなかった。

それからしばらく経った頃だろうか。

この10年は馬鹿みたいな勘違いから始まった無意味な一人の闘いだったのだと絶望し、ようやく怒りや憤り、哀しみがいっきに塊となって襲ってきた。

それから、取り憑かれたかのように死ぬことばかり考えるようになった。

## ――自殺未遂を繰り返した日々

20歳、初めて父に連れられ心療内科を受診し、うつ病と診断された。

そして初めて私が自殺未遂を起こしたのは、同じく20歳の時だ。

死にたいと言い続け、泣き続け、ついに実行してしまった。

引き金となったのは、本来なら女性側の立場である母親から、なんの言葉も励ましも慰めもなかったことに加え、兄がこの件を耳にし「そんな目に遭ったら、普通男と付き合えないだろ」という、身勝手でめちゃくちゃなその言葉だった。

その言葉は直接言われたのではなく、兄がそう言っていたと母から聞いた。

それを聞き、一樹と積み重ねてきた努力も否定された気持ちになり、兄の言葉が正しいのなら、性被害者は恋愛も結婚もできるはずはなく、しているのはおかしいと言っているのと同じではないのかと、絶望感に襲われた。

次第に兄の軽率な発言にも怒りが込み上げてきたが、怒りのぶつけ先はなく、すべての怒りや絶望の感情の矛先を自分へ向けた。

「あ、今日死のう」と突然ふっと浮かび、その途端とても心が平穏になり、冷静かつ頭がクリアで、ドラッグストアへ寄りカミソリを買い、家族が寝静まった後に家の風呂に湯を溜め、計画を実行した。

しかし、意外と人間というのは思っているよりも簡単には死ねないのだと知った。

テレビドラマのワンシーンのようにはいかないのだ。

それからも、何度も自殺未遂を繰り返し、精神薬の薬を大量に服薬してみたが、目が覚めたら病院のベッドの上で、意識が戻り目を開くと病院の天井が見えた瞬間、

「あぁ、また私、死に損なっちゃったのか……」

その言葉しか浮かばなかった。

私の場合、薬の大量服薬の後は、いくら早めに病院で処置をしていても、処置が遅れたとしても死には至らなかった。意識が戻ってからの数日間は、身体は鉛のように重だるく、意識はあるけれどどこかボーッとした状態が続くのだ。

死んだら哀しむ人だってきっといるとか、生きたくても生きられない人もいるのに贅沢だとか、頭では分かってはいるのです。

生きたくても生きられない人がいるのなら、私の命をあげられたらいいのにと馬鹿みたいに吠えていたときもあった。

神様は不平等だとか、この自分の健康体を、病気で苦しんで生きたいと願っている人と交換できたら私も役に立てるのにと思った。

でも哀しいことに、現実は誰も人生を代わってはくれない。

あの頃、何度も自殺未遂と精神科の入退院を繰り返し、手首をしょっちゅう傷つけ、

タバコの火を身体に何度も押しつけ、自分を痛めつけることしかできない無力な私を、一樹はずっと見離さず、変に励ますわけでもなく、ただ隣で寄り添い続けてくれた。

20代は、その後もいろんなことがあった。

23歳の頃、精神科で処方されている薬すべてを、時間をかけてやめた。私には最後にどうしても捨てきれなかった保育士の夢をもう一度だけ掴むチャンスがほしかったのだ。

精神薬に無知識の私は医師に処方されるがままに飲み、次第にろれつが回らなくなっていき、話し方もとてもゆっくりになっていた。

私自身まったく自覚はなく、入院中にお見舞いに来てくれた一樹に言われて初めて知ったのだ。

病院内で仲の良かった子がまさに薬漬けになっていき、ろれつが回らず聞き取りにくくなっていく姿を目の当たりにした。私はその入り口に片足を突っ込み始めているのだという一樹の一言と、入院中に出会った人を通して、このままではダメだ。そんなふうになりたくないと思った。完全に薬漬けの人も見てきたが、一日中ボーッとどこか遠くを見つめているような目で、ただ一日中椅子に腰掛け、言葉もあまり話さず毎日を過ごしていた。薬のせいで物事を考える脳の伝達経路を含め機能しきれていないように思えた。

けれど、一瞬それはそれで幸せなのかもしれないと思えた。いっそ壊れきってしまった方が、楽になれるのではないか。中途半端に壊れているからこそ辛い部分もあった。もう無駄に余計なことを考えず、悩み苦しむことからも解放されるのならば……。

いろいろ悩んだけれど、私にとってそれが幸せとは思えず、辛くても逃げずにもう一度だけ夢を追いたい。これで最後にすると決め、薬をやめることに専念し、父と一樹の協力のおかげで、3年ぶりにもう一度あの大学に入学した。

泣いても笑ってもこれが本当に最後のチャンス。

しかし、結局、結論から言うとやはり夏休み明けの後期から前回とまったく同じ事が起きてしまい、二度目の大学も退学で終わった。

そして、ちょうど二度目の大学に通い始めた頃に父と母の関係が悪化し、父がついに家を出ていく形で、両親は別居することとなった。これから生活費はどう受け取ればいいのかなど、母はそのことを父には言えず口ばかりで何も行動をせず、すべて私に頼りっぱなしだった。

生活費の受け取りを含め、私は二人の板挟みという状況になった。しかし、私を頼ってきたくせに文句ばかり言ってくる母に私は呆れた。大学の昼食は母が作ったお弁当を食べていたが、アルバイトと大学の勉強に加え、二人の板挟みで憔悴していき、食欲がなかったのかは無自覚だったが、お弁当を残すようになった。

その時、母に「残すくらいならもうお弁当は作らなくていいよね」と言われ、学食もだんだん面倒になっていき、そこから少しずつ何も食べなくなり、最終的に拒食症という病名がつくほどになっていった。

拒食症になるにつれ、不思議なことに少しずつ自分の中でルールや食へのこだわりみたいなものができてくるのだ。

私の場合、一日の摂取カロリーは500キロカロリー以内。

何かを買う時は、必ずカロリーの表示の確認をしないと安心して買えない。

そして、今までと違う点は、やったらやった分だけの結果がついてくるということだった。

普通の食生活というものがどういうものなのかさえ忘れ、食への概念が完全に狂い、目標の体重などを決め努力し続けた。そこに意味があるとするなら、それはただの自己満足だけだ。今まで何をしても、どれだけ頑張っても結果は残酷で、報われる経験がなかった私にとって、達成感という感覚を初めて味わい、最終的に私の食生活は、夜アイスを一つだけという生活になった。

体重は37kgまで落ち、医師からは「血液検査の結果も血糖値の数値が異常に低く、血圧も上が70を切り始めているのでいつ倒れてもおかしくありません。今すぐ入院して下さい。このままだと死ぬ危険性もあります」と言われたが、入院はもちろん点滴さえ断り続けた。

母は、私の食生活や体型の変化、医師に言われたことなどすべて知っていたが「そんなんじゃ痩せちゃうよ」と言うだけで、なんの気配りも心配してる様子もなかった。

今思うとキッカケはただの食欲不振からだったが、母には言葉では何も本音を言えないからこそ、身体で訴えかけようとしていたように思う。

そして、生活費を取りに父の所へ行くと、母のせいで食べていないと思われているのではないかと、母は常に自分の心配だけしかしていなかった。

医師から、病状悪化に伴い入院など家族に説明をしたいと言われたため、父と一樹と病状説明を聞きに行くことになった。母は、父に会いたくないからという理由で病院には来なかった。

一樹は、日に日に痩せていく私に強引に食べさせようとしたこともあり、抵抗した私の手首を掴んだ時「こんなに細くなって……」と涙を浮かべたりもした。

私が入院や治療すべてを拒否し、治療は受けなかったけれど、結果的に治ったキッカケはとても単純なものだった。ある時ふと、自分のしていることが馬鹿馬鹿しく思えたのだ。

私が痩せ細っていこうと、母は私に関心がなく心配もせず、それに反発するように抵抗してきたけれど、私を心配し愛してほしいのに、現実は、絶望的な母親の姿しかなかった。

このまま痩せ細って仮に死んだとしてもただの無駄死にだ。

このことでより一層、母には私への愛情などないのだと再確認させられただけだった。

拒食症が治ったのは、自分の愚かさに気づいたことと、やはり一樹の存在が大きかった。

ダイエットがキッカケで拒食症になる人もきっと、エスカレートしていった先にこういう結果があるのかもしれない。

## ——風俗依存

自殺未遂を散々繰り返し、23歳の時に拒食症と並行して二度目の大学退学。

次に私を待っていたのは《自分には存在価値があるのか》という、異常なほどの執着だった。死への執着から一転、今度は生きる価値を見いだそうともがき始めた。

そんな時に出会ったのが、風俗という仕事だった。

24歳の時、知人に誘われ軽い気持ちで始めた夜の仕事だったが、日払いでお客さんがついたらついた分だけ稼げるという仕事。

その日のお給料をスタッフさんから現金で渡されるのを繰り返していくうちに、こんな私でも、少しは価値があるのだと錯覚を起こし始めた。

お金という《目で見えるもの》で錯覚を起こしたことで泥沼にハマっていった。

しかし、風俗の仕事は結局、毎回長続きしなかった。

ある日突然、自分の行為に虚しくなり〈私は何をしているのだろう〉と、精神的に病んでしまいお店を辞め、しばらくすると、自分の存在の価値を目で確認できるものがない不安に駆られまた働くお店を探す。2か月サイクルでそれをエンドレスで繰り返していた。

ついに一樹にこの仕事がバレて止められそのお店を辞めても、また不安になり隠れて仕事をするようになった。

一樹を裏切りたくない。悲しませたくない。そう思っているのに当時の私にはそれがこの衝動を制止し切れる材料にはなれなかった。

今振り返ると、一種の依存。風俗依存だったのだと思う。

父も母も、この仕事をしていることを知っていたが、父は自殺未遂を繰り返されるよりはマシかという感じで特に止めもしなかった。母には、私の仕事の愚痴を聞いてもらっていたが「私にはそういう仕事はできないなぁ」と他人事で、今思えば私は両親に止めてほしかったのかもしれない。

「どんな理由であっても娘がそんな仕事をしていたら悲しいし辛い」など、なんでもよかった。そのような言葉をくれないことで、より自分の存在価値というものに躍起になっていたのかもしれない。

あと、男性の欲によって傷つけられた（りょうくんとの出来事）も関係があり、彼に恨みをぶつけられないのなら、それを逆手にとり男の欲から稼げるだけ稼いでやろうという、私なりの歪な復讐の仕方だったのだ。

そんな複雑な感情が入り交じり、いろんな理由も重なり、一樹を裏切りたくないという思いだけでは、踏みとどまれなかった。こんな私でも、どうして一樹は別れず、私を責めずそばに居続けてくれたのだろう。依存の理由も生い立ちや状況から想像がついていたとしても、普通は耐えられず別れを選ぶと思うのに……一樹は選ばなかった。

「薫はどうして、自分で自分の価値を下げようとするの？」と言われた。今ならその言葉の意味が理解できる。

けれど、今になってその言葉の重みや一樹の想いの深さを知って後悔しても、遅すぎた。

しかし、出口が見えそうにない風俗依存から抜け出せたのは、意外にも結婚がキッカケだった。

## ――結婚

私は27歳になり、自分が淡く抱いていた人生設計みたいなものをふと思い出した。もしも私が結婚をするという前提で人生を考えた時、漠然と30歳までに子どもを一人は産みたい。そして、30代半ばまでに二人目を授かるのが理想だと思っていた。子どもを授かることに関して期待通りにいくかは分からないけれど、理想と淡い願望があった。そして、こんな私が結婚をするとしたら一樹しか考えられなかった。期待と不安を抱きつつ、一樹がずっと「そろそろ一緒に暮らそう」と話していたのを聞き流し返答を曖昧にしてきた数年だった。私自身、結婚はもちろん子どもを育てることは可能なのか。きっと周囲の誰もがそう思っていただろう。まずは思い切って、一樹と一緒に暮らしてみようと決意した。

完全に一緒に暮らしてしまえば、風俗依存から抜け出せるキッカケになるかもしれないと思い、アパートを探し、私たちは一緒に暮らし始めた。

もちろん、この同棲の意味をわざわざ言葉にして一樹は言わないが、それは《結婚》を前提としたものなのだということは漠然と分かっていた。

一緒に暮らすことは、私にとっては大きな一歩だった。

暮らし始めて一年が経った頃、一樹が行きたいと言っていた北海道の旅行でまさかのプロポーズを受けた。

夜、北海道へ向かうフェリーのデッキで指輪を取り出し「何もないここから始めよう。俺と結婚してください」と言われた。

嬉しいけれど、正直言うと怖くてたまらなかった。

プロポーズを断らないということはつまり私はついに結婚をするということなのだから。

返事をするのに一瞬とても迷った。

その一瞬で、いろんなことが頭を駆け巡り、これから私は結婚し妻になり、もしかしたら母親になる、ということを強く意識した。

期待、希望、漠然とした不安、いろんなものがあの一瞬で駆け巡った。

一樹となら大丈夫かもしれない。

この人とならと思える相手は、後にも先にも一樹以外にいない。

最後その答えに辿り着いた時、私は一樹から指輪を受け取り「はい」と返事をした。

普通ならこういう時、嬉しくて涙ぐんだりするのかもしれないが、その時の私は期待と不安が同じ量ずつ攻めぎ合いとても複雑だった。

本当にこの決断は、この選択は、私にとって間違いではないのだろうかとどうしても思わずにはいられなかった。

そして、交際を始めた日付に婚姻届を出し夫婦となった。

正直14年も一緒にいたのもあって、今日からは夫婦と言われてもすでに一緒に暮らしているし互いにいい意味で現実感や実感はなかった。

そして、どうしても心の奥底にある《子どもがほしい》という、どうしようもない願望を打ち消すことはできなかった。

夏に結婚しその年の冬に挙式をしたが、年を越してすぐの頃、私は妊娠した。

――私のお腹に赤ちゃんがいるんだ。

そう知った瞬間、目の前がパァーっと明るくなっていくような、驚くほど眩しく、けれど優しい光が見えた。

気づくと喜びを抑えきれずに、声にならない歓声が溢れ、子どものように飛び跳ねて喜んだ。

私は、父や母に愛されたかった。私をちゃんと見てほしかった。

こんな環境と経験のせいか、結婚にも子どもを持つことにも、ずっと抵抗があった。

父と母の姿を見てきて、夫婦にも家族にも子どもにも、すべてにおいて夢や希望を持てなかった。

子どもが好きなのと、子どもを育て愛せるかはまったく別の次元の話だと思った。気づくと私の描く母親像は、自身の母親の姿となぜか重なっていくのだ。

子どもは可愛い、大好きだけれどどうやって愛せばいいのか。

どうやって叱ればよいのか。

親となれば、可愛いとかそれだけの生半可な気持ちで務まるものではなく、産んでから育ててみてやっぱり無理だった、失敗した、後悔したと言い出しても時間を巻いて戻すことはできない。子どもをもし不幸にしてしまったとしたら、私のような子どもをこの世に生み出すことになってしまう。

長年漠然と抱えてきたはずの不安だったが、妊娠を知ったとき。

新しい命が、私と一樹の赤ちゃんが、今確かにここにいる。

その時、強く思った。

——この子には、絶対に私のような思いはさせない。

妊娠しすぐ吐きづわりが始まり、精神薬もやめたのでほとんど眠れない妊娠生活を送った。

結局、出産するまでつわりは続き、眠れず吐き気に耐える日々に、何度も心が折れそうになり、一樹の前で何度も泣いた。

でも不思議とずっと気持ちは穏やかで、出産予定日の数日前に破水し病院へ。

陣痛中もひどい吐き気で水しか受けつけなかった。

そして23時間の陣痛に耐え、息子が元気に生まれてきてくれた。

でも本当に不思議なもので、息子の泣き声や息子の顔を見て、抱っこできた時。

陣痛の痛みも、今までの自分のひどい人生さえもすべてがどうでもよく思えるほど、初めて体感する、味わったことのない喜びと幸福感で胸がいっぱいになった。

しかし、実際子育てを始めてみると、喜びや感動だけで終わることのない、子育ての厳しい現実が待っていた。

息子は、本当に夜中によく起きる子で、昼寝の時も少しの物音で起きて泣き出してしまう。

それに加え、2時間おきの授乳におむつ替え。

一歳を過ぎると更に夜泣きはひどくなっていき、産んでからずっと、24時間スタンバイ状態の私は、本当に疲れ切っていた。

一樹は、朝家を出るのが早く、帰りは20時以降のことが多かった。

私の父と母は手助けする気もなく、一樹のお母さんは認知症の姑の介護と、透析が必要で持病がある一樹のお父さん、二人の介護に追われているのを知っていたから、もちろん頼ることはできず、地元を離れて結婚したので近くに友人もいない中でのワンオペ育児だった。

休める時間など本当になかった。

私たちの場合、どちらの両親にも頼れなかったので一樹と二人で力を合わせた。

子どもを育てるとは、こんなにも大変なのか……と身をもって知った。

唯一の救いは、毎日続く夜泣きに、一樹が毎晩一緒に付き合ってくれたことだ。

休日は、家事や子育ても積極的にしてくれたし、仕事もあるのに、毎晩の夜泣きで寝不足だったはずなのに、常に一樹からは〈一緒に育てよう〉という気持ちが感じられた。

私に「いつもありがとう。お疲れさま」という言葉をくれ、そんな一樹とだったから私はなんとか踏ん張れた。

息子を妊娠した時に決意したこと。

――私のような思いはさせない――という気持ちはブレることはなかった。

だからだろうか。

気づくと私は、母親にされて嫌だったことや辛かったことは絶対せず、逆に私が幼少期にされたかったことを心がけながら息子と過ごした。

泣けばいつでも駆けつけ、たくさん遊び、寝る前には子守唄を歌ったり絵本を読んだり、たくさん抱きしめ「ママとパパの宝物だよ」と毎日一緒に眠りについた。

母親を反面教師にすることで、息子の育児を必死にやってきた。

子どもは容赦なく、いつだって全力で喜怒哀楽をぶつけてくる。

そんな息子の姿を見ていると、いつも我慢し、素直に泣いたり怒ったりできなかった自身の幼少期を思い出した。

これが本来の普通の親子関係なのだと知り、イヤイヤ期に入ると、息子は思い通りにならないたびに泣き喚くけれど、好きなだけ泣かせ、落ち着くまでそっと見守り、その後に、どうしてやりたいことができないのか、してあげられなかったのかを、その都度息子に分かりやすいように説明し、「でもやりたかったよね」と寄り添い続けた。

あなたはあなたでいいんだよ。

私に遠慮なんかせず、泣いても怒ってもいいんだよと息子と向き合い、私なりに精一杯の愛情を注いだ。

そして、親というのは頭でなるものではないのだと知った。

想像の世界でしかなかったけれど、子どもの愛し方、叱り方。

その人それぞれのやり方があり、子どもの性格によっても変わってくる。

だから子育てすべてにおいて《これが正解》というものはないのかもしれない。私が良かれと思ってしたことでも息子にとっては嫌ということもきっとあって、息子は私ではない以上、息子に合う方法を常に試行錯誤しながらの育児だ。

私自身、母親としてのモデル、お手本がない中での育児。だからかえって自分の中で創り上げた完璧な母親像だけが膨れ上がり、理想だけが一人歩きして苦しむこともあった。

けれど、今振り返れば、いろいろ頭の中で難しく考えすぎなくてもよかったと思える。

母親でも人間だから、イライラしたり余裕のないときだってあるのは当たり前で、遊んであげられないときだってあるし、思うように家事が進まないときもあって、それでいいのだと思う。ただ、あなたが大好きだと言葉で伝え、力一杯子どもを抱きしめ、叱りすぎた時には抱きしめ、それさえできていれば、もしかしたらそれだけで充分なのかもしれない。

愛されているという実感があれば、子どもはまっすぐ育ってくれるのだと知った。

息子が生まれ、一樹と息子の楽しそうな笑い声を聞いていると、初めて体感する幸福感がそこにはあり、風俗に依存していた自分はもうそこにはいなかった。

このただ普通の、平穏な家族3人の暮らしは私にとってかけがえのないものになり、私が長年もがいていた先にあったこの生活。私が本当に欲しかった日常はこれだったのだと痛感した。

## ――薔薇の花・忘れられないサプライズ

一樹は、出逢ってからどれだけの月日が経過しようとずっと何ひとつ変わらず、私との関係も家族という関係も本当に大切にしてくれる人だった。

子どもが生まれると、それまでのように2人きりでデートをするなんて時間は必然的になくなり〈家族の時間〉になる。

けれど、家庭を持つこと、家族を作ることが夢だとずっと言っていた彼にとっては、息子が生まれてからはきっと特に幸せな日々だっただろう。

結婚してからもずっと、仕事帰りはどこにも寄らずまっすぐ帰宅する彼は、家族がすべてのように思えた。

自分の時間よりも家族の時間が何より楽しいと言っていた。

一樹は、恥ずかしいような言葉もさらっと言ってくれる、とてもロマンチストな人で、いつも私を喜ばせたい、驚かせたいといろんなサプライズをしてくれた。

一樹は不器用な人だから、だいたい私がサプライズのタイミングや内容を察知してしまうことが多かった。

けれど、それが逆にとても彼らしくて、私よりも年上なのに可愛いミスをするところがむしろ可愛く、愛しいとさえ思えた。

書き始めたらキリがないくらい、いろんなことをしてくれた。

たくさんのサプライズの中でも、一番強く印象に残っていることがある。

それは、私が20歳の誕生日を迎えた日。

当日の朝、実家に一樹から赤い薔薇の花束が届いた。

それだけでも、一樹らしいなと思った。

薔薇の花束なんて、キザでロマンチストな人だなと誰もが思うだろう。

薔薇の本数を数えてみると、なぜか19本だった。

〈なぜ一本足りない？〉と疑問に思いながらも、その時の私はめずらしくこの一樹のサプライズの内容に気づかなかった。

誕生日は、特別な場所へ出掛けることは特にせず、普段と何も変わらない、楽しい時間を過ごした。

ただその日の夜、成人した記念にお酒を飲みに居酒屋さんへ。

乾杯して夕食を食べていた時、突然鞄からそっと一輪の薔薇を私に差し出してきた。

「最後の一本はこれだよ」と。

その20本目の薔薇は、生花ではなくドライフラワーの枯れない赤い薔薇だった。

私が驚いて喜んでいると「次は30歳の時だね」と、確かに彼はそう言った。

でも、それからはいろんなことがありすぎたし、息子が生まれ間もない頃で、私はいつの間にかその言葉さえ忘れていた。

そして迎えた、30歳の誕生日。

家族でお花見に、お弁当を作って公園へ行き、帰りにケーキを買い自宅では息子と一緒にいつも通りの日常を送り誕生日の日を終えようとしていた時。

突然インターホンが鳴った。

29本の赤い薔薇が届いた瞬間、あの日の言葉が蘇った。

私は、一樹のこのサプライズにもちろん驚いたしとても嬉しかったが、それよりもあの日のあの約束を、一樹が覚えていてくれたことに私は深く感動し、一樹と結婚して本当によかったと心の底から思った。

そして「最後の一本はこれだよ」と、あの日と同じ言葉と、あの日と何も変わらないあの表情で枯れない赤い薔薇をくれた。

もちろん、20歳の時にもらったあの薔薇は大切に飾っていた。2本目の薔薇を隣に飾ってみると、あれから本当に10年も経ったんだと込み上げてくるものがあった。

そして「次は、40歳だね」と同じ言葉をくれた。

その時〈次こそ絶対に私も覚えているぞ！〉と思ったのを覚えている。

でも現実は、34歳で一人になった私が3本目の薔薇をもらうことは、叶わぬ夢となった。

一樹の写真と共に大切に飾ってある2本の薔薇。

「2本で終わっちゃったね……」と、つい切ない声が出てしまう。

もう私は二度と、一樹からあの薔薇をもらうことはないのだと。

いつも棚に綺麗に並んだ2本の薔薇を見ては、あの時の嬉しさと切なさが混じり、とても複雑な気持ちになる。

40歳になっていく私を、隣で見ていてほしかった。

一樹を失ってから、彼が私に残した思い出の物たちに、彼にどれだけ愛されていたのか思い知らされる。

それでも私にとって、涙が出るほど特別で大切な宝物であることは確かだ。

素敵な思い出から始まる30代のスタートをくれてありがとう。

## ――母との絶縁・パニック障害

こうして私は30歳を迎え、全力で凪人と向き合う育児をしていく中、突然立てないほどの下腹部の痛みに襲われた。検査の結果、右の卵巣に大きな腫瘍があることが分かった。

即入院、翌日には手術と決まったが、まだ2歳の息子を抱えたまま立ち尽くした。

そのときまだ何も知らず仕事中の一樹。

このまま入院と言われても、2歳の息子を抱えたまま今からどうしたらよいのだろう。

連絡を受けた一樹は、すぐ翌日から一週間の休みをもらい、入院期間中は一樹の実家で凪人と過ごしてもらうこととなった。

こんな事態になり父と母にも連絡をしたが、たまたま仕事が休み期間だったはずの母は何も手を貸してくれる素振りもなかった。父は手術を控えた私に「何か困ったらいつでも連絡してこいよ」と言ってくれた。父だけでも親らしさがあったことに安堵したのも束の間「ただ、俺が酒飲む前に言ってな」という言葉を聞き、唖然とした。

せめて手術の日くらいお酒を飲まないという選択肢があの人にはないのか。

介護に加え2歳の孫とも過ごすこととなったお義母さんの事情も知りながら、母はなぜそんな対応なのか。「行ったことない病院だから行き方が分からない」というだけで、結局一週間の入院の間、母が顔を出してくれたのは一度だけだった。

顔を出したかと思えば、怪しげな健康グッズの話を持ってきて、無料でその機器を借りられるのがあと数日だからと押し売りをしてきた。

いや、誰がどう考えても今そんなことよりも、優先しやるべきことがあるはずじゃないのか。

そんな怪しげな健康グッズの話を、私が入院中一樹にまで電話をしていた母に、さすがの一樹も呆れかえっていた。

この出来事がキッカケで、私の両親の残酷な現実を見てしまった。

今は親となった私は、昔よりも二人の言動の理解に苦しんだ。

子どもの前に立っても常に〈自分〉が主観でしか物事を考えないのだと思い知り、漠然とは分かっていたけれど、私は本当に愛されていないのだという思いが確信に変わった。

そのショックは大きく入院中は泣くばかりで終わった。

退院後、私は今まで上辺だけは仲良しこよしだった母とは二度と関わらない、縁を切ろうと決めた。もう大人なのに恥ずかしい話だが、私が一番求めているのは母親からの愛情であることを自覚していたからこそ、これ以上母と関わると壊れてしまうと思った。

この件で一樹も、母と関わることは私にとって精神的にいい影響は与えないと思ったそうだ。

私が話をしに行けば、いつものヒステリーを起こし私の言葉を何も聞かず返事も返ってこなくなるに違いない。相手が私ではなく一樹であれば、とりあえずヒステリーを起こしにくいと考え、縁を切りたい旨を話しに行くのは、一樹が行ってくれた。

そうして、あっさりと母と縁を切れたのはよかったのだけれど、私の中で母に対する期待をすべて諦めるという結果になり、その後しばらくは精神的に不安定な時期を過ごした。

もう、母にとって都合のいい娘でい続ける無意味な偽りの親子ごっこは懲り懲りだ。頭では理解し納得していたが、潔く諦められずにいる部分が、気づかぬうちに私の何かを狂わせた。

気分転換にと、一人で久しぶりに美容院に行った日だった。

カラー剤が馴染むまでの待ち時間、雑誌を読んだりスマホを触ったりしていたら、本当に突然、味わったことのない感覚に襲われた。

言葉で表現するのは難しいのだが、頭がおかしくなってゆくような感覚と同時に心拍数が急激に上昇していくのが分かった。変な汗が滲み始め、まさに死さえも感じさせる謎のパニック状態に陥った。

雑誌などに気持ちを集中させせようと試みたがまったく効果はなかった。これは異常事態だと冷静に判断はしたものの、自力でそのパニック状態を落ち着かせることができずものすごく焦り、焦れば焦るほどパニックが悪化していった。

精神科入院で見聞きしていたことを思い出し〈これがパニック障害というものなのか?〉と思いながらも、美容師さんに助けを求めることも躊躇してしまい、とにかく一秒でも早く美容院を出たい。死ぬ気で乗り切るしかないと地獄の時間を味わった。

終わるまで耐えようと必死だった。

その後のシャンプーの際、目元をタオルで覆われた瞬間、状況は更に悪化しまさに地獄だった。

そして美容院を出た瞬間から、嘘のようにパニックのような症状は消えた。

パニック発作だと過呼吸が代表的なのだろうが、明らかに症状が違った。

過呼吸の対処法は知っていたので、可能な範囲でそのとき試みたが治まる気配はなく、パニック障害といっても、人それぞれ症状は異なるのだと知った。

そして問題は、これから先、この症状が出ないようにするにはどうしたらよいのか、ということだった。

あんな異常な、生きた心地もしない死にそうな感覚をもう二度と味わいたくなかった。

しかしその後〈またあの発作を起こしたらどうしよう〉という不安や恐怖が常に念頭にあるせいもあってか、パニック障害はあらゆる場面で起きるようになっていった。藁にもすがる思いで精神科を受診し、発作を予防、または発作時に服用できる安定剤を複数処方してもらったが、これといった効果はなかった。私の場合パニック発作を起こす場所は、美容院や電車の中、タクシーに高速道路、病院の待ち時間が主だった。

理由は分からないが、息子といる時だけは発作は出なかったため、はじめは薬に頼らず自力で治すとあらがった。

しかしそんなある日、息子が風邪をひき病院を受診した際、息子といるにもかかわらず、初めて発作が出た。

2歳の息子を残して病院から出るわけにもトイレにこもり発作をしのぐわけにもいかず「少し待っててね」と説明して一人で待てる年齢でもなく、この時にもう自力で治すことは不可能だと悟った。

生活に支障をきたすのも困ったが、息子を病院へ連れていくことさえできなくなるところまできてしまった以上、薬は飲みたくないなんて意地を張っている場合ではないと思った。

パニック障害について、病院だけじゃなくネットでも調べたり、関連のある本を読んだり情報を集めていたが、結果私の場合一番効果が高かったのは抗うつ薬だった。昔も飲んでいた時期があったが、私の場合は抗うつ薬を服用し始めてから一週間ほどかけてパニック発作の頻度が減少し、生活に支障のない日常を送れるようになった。

パニック障害になったのは、母との絶縁が原因だったのだろうか。

それも含め、いろんなストレスが重なったことで発症してしまったのだろうか。

私には無関係だと思っていたことが、まさか自分の身に起きるとは思っていなかった。

## ――アルコール依存

母との絶縁以降、気づくと毎日お酒を飲むようになった。

初めは夜ショート缶（350ミリリットル）のビールを一本飲むだけで、お酒を楽しむという範囲の飲酒量だったが、母とのことがずっとモヤモヤとしていた。

少しずつ飲酒量が増えていき、酔っ払うまで飲まないと紛れない、酔っている間はフワフワとして面倒なことを考えず悩まずに済み、気持ちが沈みがちのときでも息子にも機嫌よく接することができるなど、気づかぬうちに昼夜問わずの飲酒が当たり前になっていった。

一樹に注意され指摘されても、記憶が飛ぶわけでもなく、飲酒運転をするわけでもなく、誰にも迷惑はかけていないと勝手に思い込み、あまり耳を貸さなかった。

しかし、飲んではいけない時にお酒を制御できなくなっていき、飲み過ぎて嘔吐するようになり、そこでようやく酒に依存していると自覚し、お酒に頼る生活をやめた。

医師によると、一般的な〈お酒を楽しむ〉と〈アルコール依存〉のボーダーラインは、飲んではいけないという場面で制御できるかどうか。

もちろんこれは入り口に過ぎず、依存がひどくなっていけば、記憶障害や幻聴幻覚など重い症状へと繋がっていく。

アルコールに逃げた結果こうなってしまい深く反省し一樹に謝った。

一樹は私を責めたり怒ることはなく「薫の気持ちも、そうなるのも分かるけど、何か取り返しのつかないことが起きてしまう前に気づいてくれて本当に良かった」とだけ言った。

いっそ、こんな私を責めたて罵倒してくれた方が楽だったのに、その言葉だけだったことが逆に一樹のいろんな気持ちの重みを感じ、自分の心に深く刺さった。

そうして、私はアルコールに頼る生活を絶つことができ、いろんな葛藤を抱えながらも家族の時間を改めて大切にしようと思った。

そんな中でも、凪人も成長していき気づくと4歳になっていた。

## ――約束

息子が生まれ、一樹にとってそれは本当に幸せな日々であり、彼にとって家族がすべてのようだった。

息子が生まれてから旅行が好きになっていった一樹は、毎年のように、ゴールデンウィークや夏など、年に一度は必ず旅行の計画を立ててくれた。

食べることが好きな一樹は、旅館探しはいつも料理を重視し、私は息子がいても好きなタイミングで入れる、客室露天風呂がある旅館がいいという、私の希望も叶えてくれた。

一樹は自分にはお金は使わず、家族や旅行にだけは惜しまずお金を使ってくれていた。

しかし、コロナ禍で今までのような旅行が難しくなり、彼が亡くなった年は「今年の秋冬からはキャンプデビューだ！」と張り切り、キャンプグッズの情報の収集に毎日ニヤニヤしながらスマホを見ていた。

そして、実際に見に行ってみようとアウトドアのお店に行き、気に入ったものが多かったこともあり、調理系以外のものは、ほぼその日に買い揃えた。

調理系などはどんな物を揃えようかと、その後もとても楽しそうに調べていた。

そして息子が寝た後は「焚き火に当たりながら、星空を見ながら2人でお酒を飲もうね」という会話があった。

そして当時、まだ4歳の年中さんの息子なのに、小学校の入学式には何を着ていこうかと、すでに楽しみにしていて、私はさすがに気が早すぎるなと笑いながらも、そんな一樹を見ていて幸せだと思った。

本当に息子が大好きなんだと、成長が楽しみで仕方がないのだと感じた。

家族3人で、入学式の日は小学校の門の前で写真を撮ることも楽しみにしていた。

そしてその他にも、息子がもう少し大きくなったらまた船にも乗りたいと言っていた。

フェリー旅行でプロポーズされたのだけれど、息子もそのフェリーに一緒に乗って旅行できる日がくるかな、ランチクルーズから始めてみてもいいかもねと話していた。

私たちが結婚式を挙げた式場は、毎年クリスマス限定ディナーをやっていたが、それも息子がもう少し大きくなったら行こうねと話していた。

「パパとママは、ここで結婚式をしたんだよ」と息子に話してあげたいと……。

そう、どれももちろん、お互い数年以内に叶うと思い込んでいた些細な約束、家族の夢だ。

保育参観や運動会も、必ず仕事を休み、家とはまた違う息子の姿を見て一樹は嬉しそうに笑っていた。

けれど——。

些細な、当たり前に叶うだろうと勝手に思い込んでいた約束たち。

21年間も一緒にいたけれど、まだまだやりたいことはたくさんあったのだ。

彼にとって、息子や家族との夢は尽きなかった。

一樹はよく話していた。

「子どもが生まれたら、キャッチボールをするのが楽しみだ」

「お爺ちゃんとお婆ちゃんになったら、縁側でお茶を飲もうね」

彼との何気ない会話の中に、こんなにも些細な夢があった。思い出しては、寂しさと悔しさで胸を締めつけられる。

きっと、彼は悔しかっただろう。

しかし何より、私とまだ幼い息子を残して先に亡くなってしまったこと。

彼はきっと「ごめん」と思い続けているように感じる。

初めての育児、私には知らない、子どもへの愛情の注ぎ方や叱り方も、すべてにどう向き合っていけばよいのか、常に自問自答しながら葛藤し悩んでいた私を、一人にしてしまったことも、きっととても気がかりだったはずだ。

今の私にできることは、彼がしたかった、してあげたかったことを、彼に代わって少しでも息子と叶えていくことだろうか。

私の父が一樹の葬儀の後に言った言葉が、今も印象に残っている。

「悲しいけど、彼はもう老いることもなく、若くかっこいい姿のまま残るんだ」と。

いや、それは違う。

少しずつシミやシワが増えて、歳を重ねていく一樹を私は見ていたかった。

きっと一樹なら、私たちの記念日の節目にはお祝いし「これからもずっと一緒にいようね」と言ってくれただろう。そこにはきっと、私たちらしい雰囲気があったはずだ。

そして一樹も同じように「40歳になる薫を見たい。これからも一緒に歳を重ねていきたい」と、きっとそう思っただろう。

## ――最後の数日

夏のある日、その時は突然訪れた。

いつもと何も変わらない夜。

川の字で布団に入り、いつもと変わらない「おやすみなさい」という言葉を交わした。

その翌朝、布団の上で横になったまま大量の汗をかき、会話のやりとりがスムーズにいかない一樹の姿があった。

一樹はくも膜下出血を起こし、救急車で運ばれた。

救急車の中、一樹は生年月日など救急隊員の質問に、「どうしたの!?」とだけを繰り返し、何ひとつ答えることができなかった。

医師に「5段階で、5が重度だとすると、上島さんの場合、今は2の段階で、現在は意識障害と盲目の症状があります。手術が成功したとして、盲目の症状が改善するかは今はまだなんとも言えませんが、少なからず後遺症が残る可能性はあります」と言われたが、きっと助かると思った。

もちろん大丈夫と保証されたものではないけれど、その時の医師の言葉を信じるしかなかった。

一樹の場合、くも膜下出血でも箇所としては〈椎骨《ついこつ》脳底動脈解離〉という、後頭部の首に近い付け根の、ひとつしかない太い血管で出血が起きた。

手術室まで付き添ったのだが、意識障害のせいか、分かりやすく状況を説明しても「どうしたの⁉」と最後まで混乱した状態で、状況を理解できているのかは私にもよく分からないまま一樹は手術室へ。

数時間の手術が無事に終わり、再出血のリスクを少しでも下げるため、一樹は動かぬよう麻酔で2日間ほど眠ってもらうこととなった。

麻酔で眠っている一樹の元へ行く道中は、手術が無事に終わったことへの安堵感と不安で言葉にするのは難しいが、ただ一樹の手を握りしめたとき〈生きている〉その事実と温もりを噛みしめ涙が溢れた。

そして「また来るからね。頑張って……」と声をかけ帰宅した。

その期間、もしものことを考えると頭が狂いそうになった。正気を保つことさえままならなかったが、凪人が夏休みに入りそんな状態ではいけないと思った。

何より、私が泣いたり不安な顔をしていたら凪人を不安にさせてしまうと思い、一樹は今は長期出張に行っているだけだと自分に言い聞かせ、なんとか正気を保ち過ごした。

そして2日後、麻酔から目を覚まし、一樹が意識を取り戻したと連絡が入り、彼の第一声は「もうすぐ5歳になる息子がいるんです！」だったそうだ。

そして、心配していた盲目の症状は改善していたことを聞き、お義母さんと泣きながら抱き合い喜びを噛み締めた。

コロナ禍で病院が面会禁止の中、患者が重篤のためという理由から、私だけ特別に面会の許可が出た。

あの朝からわずか数日だったけれど、今でもICUで過ごした一樹との最後の数日間を、私は今でもハッキリと覚えているし、忘れることなどできない。

意識が戻った一樹に面会に行った初日、一樹が待つICUへと歩いている間、まず一番不安だったことは、もし記憶障害があったとしたら、私のことは覚えているのだろうか。思い出も覚えていなかったらどうしようという漠然とした不安があった。

私は一樹に会い、私の生年月日や結婚記念日、プロポーズの場所などすぐに質問し、普通に答えた一樹を見て泣きながら抱きしめた。

あの数日間、どうしてだろう。

とにかく毎日、たとえ15分でも20分でも一樹の顔を見られるだけで安心できたんだ。

なぜだろう。たいした話はしていないのに。

「なーくんもう夏休みだよ」なんて、普通の話をし「買っておいたプール活用してね」と特に深刻な話はせず、くも膜下出血の影響は、言語や記憶、手足には出ていないことに驚き安堵した。

一樹が急に普通に足を動かすから、「うわ！　普通に足が動くんかい！」と、なぜかいつもみたいなツッコミを入れてしまうくらい、本当にとても普通のやりとりをしていた。

少し怠そうにはしていたけれど、目が見えていて、手も足も動いて、普通に話せて、ベッドに横になっている時点で特に後遺症のようなものはなく、いつも通りの会話をしている事実に日に日に安心感を覚えた。

目が見えるようになっていた、手足も動く、話せる、もうそれだけで充分だ。

そう思っていた。

もしその後、立つことや歩くことが難しくたとえ車椅子の生活になったとしても、一樹が生きていてくれるなら、そんなことは全然気にもしなかった。

くも膜下出血を起こした以上、程度は違えど、何かしらの障害などが残る可能性があることは重々覚悟していた。

もし、視力が戻らなかったら。

もし、手足や半身に麻痺などが残ったら。

いろんなことが、手術中は頭の中を駆け巡ったが、それでも〈生きていてくれれば

それだけでいい〉

結局行き着くのはその言葉だけだ。

もしも、視力が戻らず目が見えないのなら、私が一樹の目になろう。

車椅子になるのなら、私が一樹の足になろう。

本当にそう思えたし、それをお荷物だなんて微塵も思わなかったんだ。

でも、一樹とまた見つめ合うことができた。

手を繋ぎ、抱きしめ合うこともできたのだから、私はそれだけで充分だと思えた。

それでも、2週間は特に油断できない状況であること、急変することもまだあり得るということも、医師から詳しく説明されていたはずなのに、なぜだろう。

私は、一樹の顔を見ると、そんなことは全部頭から吹き飛んでいた。

普通に過ごしたあの数日間。

いや、普通に過ごしてしまったあの数日間を、私は悔いているのだろうか。

そして一樹は、長い麻酔の影響なのか、出血による影響なのか、まだ判断できない段階だったけれど、面会を続けていく中、次の日に会うと、前日私と会ったことを覚えていなかった。

その時は、単純に寂しいというのか、何を話したのかさえ覚えていないことがショックだった。

きっと、今日、今、私といるこの時間も会話も、今の一樹の記憶は長くはもたないのだと、明日にはまた忘れているのだと思うと、心の奥がぎゅっと苦しくなった。

なので私は、初日に手作りして持っていったカレンダーに、会った日は印（ニコニコマーク）をつけようと提案し、その提案さえ忘れてしまうかもしれないので、カレンダーのふちに「ニコニコマークが書かれている日は私と会った日だよ」とその場で書いた。

そしてこの日、たまたま昼食の時間と重なり、体勢のせいで昼食が食べにくそうだったので、私が介助したら「まさかこんなに早く薫に介護されるなんてね」と言われた。

「そんなの、遅かれ早かれそうなるんだし、それが少し早くなっただけの話でしょ」と言うと「そうだね」と柔らかい表情で答えた。

そして「また明日も来るからね」と、握っていた一樹の手を離した……。

その日が、最後の日になった。

それが、面会を始めて4日目のことだった。

私はその日、ようやく少し安心感が増してきていて、凪人が待つ自宅へと帰って、夕食を食べお風呂に入り、凪人と一緒にテレビを見ていた。

その時「容態が急変しました」という連絡が入った。

私は、その言葉を聞いた瞬間いっきに血の気が引いた。

それと同時に、お義母さんを大声で呼び、急いで車に乗り込み病院へと急いだ。

運転する手も足も、声も震えていた。

心臓もずっとバクバク嫌な音を立てていた。

最悪の状況が、情景が頭に浮かんでは、とにかく怖くてたまらなかった。

ちょうど帰宅ラッシュの時間帯と重なり、思うように車が進まず私はとても焦っていたし、もどかしくて仕方がなかったが、逆にその時間があったおかげで、少しずつ冷静さを取り戻していけたようにも思う。

行く道中息子に「パパ死んじゃうの？」と聞かれ「そんなことあるわけないよ！パパなら大丈夫！」と答えた。息子に言ったその言葉は自分自身をも励ましたようだった。

一樹ならきっと大丈夫。私はそう信じる。

私は、何をそんなに恐れているのだろうとさえ思えた。

けれど、私を待っていたのは、残酷な現実だった。

医師から告げられたのは
「再出血を起こし、呼吸も苦しく弱くなってきていたので、まだお若いですし人工呼吸器をつけさせていただきました」

そして
「ですが、瞳孔が開き、上島さんの脳は再出血によりもう機能していません。腎臓のことや出血の箇所のことを考えると心臓は長くはもたないと思います」

一樹のCTを見て、無知な私ですらハッキリと分かる白く写る再出血の現実を目の当たりにし、あとは一樹の心臓が止まるのを、ただ待つだけという現実がそこにはあった。

説明されている間、スーッと体から力が抜けていくようで、でも頭だけは妙に冷静かつクリアで、膝に座るまだ小さな凪人の感覚しかなかった。

医師の説明の後、ICUに入ると、目を閉じてもうなんの反応も返ってこない一樹の姿だけがあった。

説明はされても実感が持てなかった。

数時間前まで話していたのに、急にそんなことを言われても、頭の中も心もそんな現実には到底追いつけるはずがなかった。

けれど、どれだけ名前を呼んでも、何度身体を揺すっても、手を握ってもなんの反応もない一樹を目の当たりにした時、変えようのない現実、すべてを理解した気がした。

あとは医師の説明通り《心臓が止まるのをただ黙って待つだけ》という、耳を塞ぎたくなるような現実がそこには確かにあった。

私は一樹を失うんだ。私は置いていかれるんだ。

絶望とはまさにこのことなのだろうか……。

今まで、いろんな意味で絶望し続けてきたけれど、そんなものとは比べものにもならないほど壮絶で、絶望なんて言葉では足りなすぎるほどの感情、その時くっきりと私の心にポトンっと落ちた黒い影に、一瞬にして私の心は飲み込まれた。

もう目の前が真っ暗になり、心は潰れ、喜怒哀楽の感情さえ何も感じられなくなりそうな感覚だった。

私は一樹の隣で、なんだか力尽きるようにバタンッと椅子に腰を下ろした。

そして、もう何も考えられなくなった。

ねえ一樹、あの最後の数日、私たちの過ごし方は間違いだったのかな？

もっと話すべき何かがあったのかな？

何かあった時はお互いさまだと、助け合うのは当然のことだよ、なんて会話ではなく……。

一樹を愛していると、何かあっても凪人のことは私が守るからとでも言っておけばよかったのだろうか。

何を話し、何を伝えておけば良かったのか……。

今でも分からずにいる。

一樹は、結果的に最後になってしまったあの数日間、私と一緒にいた時間に、これで良かったと思っているのだろうか。

一樹は一樹で、もっと伝えておけば良かったと思っていることがあるのだろうか。

けれど、月日が経って思う。

きっと、どんな終わり方であったとしても、悔いや後悔は残るものなのではないか。

一樹のように、くも膜下出血などの突然死もそうだけれど、事故や災害、たとえ闘病生活が長く、余命が告げられていて覚悟をした死であっても、その方と過ごす最後の時間があったとしても、亡くなってから〈やっぱりあの時こうしておけば良かった〉と、きっと、後から溢れ出てくる後悔や疑問は尽きないだろう。

後悔のない終わり方。

そんなものは、この世に存在しないのではないか。

せめて、亡くなるその人自身がなるべく後悔しない終わり方を、時間を過ごすことはできても、残された人は、その先も続く人生や毎日の日々の中で、苦しみ闘い続けているのかもしれない。きっと納得のいく死などないのだから。

## ―― 夫婦

夫婦とは、なんなのだろうか。

出逢い、惹かれ合い、恋人になり、そして結婚し、夫婦になる。

それはとても自然で、当たり前のように思うけれど、どれだけ相手を好きであっても、違う人間なのだから、分かり合えないことはたくさんある。

もう顔も見たくないと思うほどの喧嘩をするときだってある。

一樹と結婚し子どもを授かってから、〈歩み寄る〉ことの大切さを知った。

子育てがどれだけ大変なのかを痛感し合うのと同時に、どちらも子どもを優先するがために、喧嘩をしても、子どもが寝た後に話し合いをする、仲直りをする時間さえ減ってゆく現実があった。

「凪人が寝てからまた話そう」と言っていたのに、結局子どもと一緒に寝てしまう一樹に、私は腹を立てなくなった。

昔の私なら考えられないことだ。

10代の頃、喧嘩の最中に一樹が寝落ちしたことがあった。そのときの私は「喧嘩の途中で寝るなんて信じられない！」と烈火の如く怒ったのを思い出した。

しかし、子どものため、家族のために働き、子どもの夜泣きにも毎晩付き合い、家事も私が凪人で手一杯の時には進んでやり、何より私の身体と心も心配してくれていた。

一樹は家族だけじゃなく、子どものためだけでもなく、私のためにもたくさん努力をしてるのだと、いつしかそう思えるようになった。

喧嘩したまま寝てしまったとしても、一樹を責めたり怒る気持ちなんて起きなかった。

〈疲れているだろうから寝かせてあげよう〉素直にそう思えた。

喧嘩の後、話し合う時間があった時には、お互いの考え方、言葉の些細なスレ違いや価値観のズレを感じたけれど、どう感じたのか何に怒っているのか話し合い、最後は互いに、これからは〈相手の気持ちを理解しようとする努力〉をしていこう。

一樹との仲直りはだいたいそんな感じだった。

そんなある日、一樹のお母さんが自宅で転倒し大腿骨を骨折してしまい入院となった。

透析が必要で持病もあるお義父さんのことは、お義母さんが回復するまで当面は私たちが介護するしかない状況になり、食事はもちろん、浣腸やおむつ替えや入れ歯の手入れなど、正直2歳の息子の育児＋αで精神的に余裕はなかった。

初めての介護に戸惑いもあった。

しかし数日後、お義母さんが私たちを気遣い、せめて退院までの期間だけでも、お義父さんがどこかの病院でお世話になれるよう、ケアマネージャーさんと連絡を取り合ってくれた。

お義父さんにも入院してもらうこととなり、3日ほどの介護生活であった。

その後は、義父と義母のお見舞いに行ったり、少しバタバタしていたのも束の間、夜息子の寝かしつけをしていたある日、お義父さんが入院する病院から容態急変の連絡が入った。

正直連絡が入った時、一樹のことが心配でならなかった。

もちろん一樹は、急な連絡で動揺しテンパっていた。

言葉にはしないが、一樹は今どんな気持ちでいるのだろう……。

考えたくはないが、最悪のケースが脳裏を掠め、すぐに自宅に戻ってこられない場合も想定し、一樹の常備薬、コンタクト用品やメガネ、充電器や息子の着替えやオムツ。

家を出るまでの数分、最低限思いついた物を鞄に押し込んだのを覚えている。

そして、私は初めて人の死を目の当たりにした。お義父さんが亡くなり、結果深夜にお義父さんと私たちは一樹の実家へ帰ることとなった。

一樹がそのとき「しまった、いろんな物を自宅に置いてきてしまった」と言い出した。

私が「最低限の物なら持ってきてるよ」と言ったとき、「さすが薫。ありがとう」と言った。

数日間だけではあったけれど、お義父さんの介護をすることになった際も「薫、いろいろありがとね」という言葉をくれた。

一樹は、何かあればその都度、感謝や労いの言葉をくれる人で、だからこそ私は特に不満など何も言わず一生懸命頑張れたのだと思う。

一樹となら、何があっても、二人で力を合わせて生きていける。

何の根拠もない自信が、常にそこにはあった。

夫婦だからこそ、どちらかに何かがあった時は助け、一緒に乗り越えていくものだと思った。

でも言葉で言うほど、これは簡単なことではないのかもしれない。

恋人同士であった期間、夫婦になってからの時間、家族になってからの時間はもちろん、予期しない出来事が起きたときには互いに協力しその期間を乗り切り、そんなあらゆる小さな積み重ねが、私たちの絆をとても強くしたように感じた。

一樹自身にも、お義父さんと同じように遺伝性の病気があり腎臓が悪く、いつかは透析生活になる。

前に「私の腎臓をあげようか」と話したことがあった。腎臓は二つあるので、一つ一樹にあげられるのなら、それで一樹が少しでも楽に生きられるならと思ったし、辛さを半分こしたいと思った。けれど、体格や性別も違い「そもそも血液型が違うから無理だよね」と、一樹は感謝交じりの笑顔を見せた。

どうしてあの時、私の腎臓あげるよと迷いもなく言えたのだろう。辛いことや苦しいこと、助けてあげられるのならなんだってしたいと心から思えていたということだったのだろうか。

だからこそ、目が見えないのなら私は一樹の目になるし、車椅子になるのなら、私が一樹の足になる。

私にとって、それは大きな問題ではなかった。

お互い助け合い、補い合い、完璧な人間などいないのだからこそ、お互いが必要なのではないか。

# 第二部

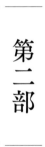

## ――４歳の息子に突きつけられた現実

一樹が亡くなった時、凪人はまだ４歳だった。

しかし、凪人は４歳なりに父親の死〈死ぬ〉とはどういうことなのかを理解していた。

葬儀では俯き、涙を堪え、小さく肩を震わせている凪人の姿を見て、私は胸が張り裂けそうな思いだった。

その小さな体に、心に、どれだけの負担がかかっているだろうか。

葬儀の終わりに、祭壇の前で親族が集まり写真を撮ることになっていたが、凪人は突然、控室から出てこなくなった。

優しく促しても「絶対に嫌だ！」の一点張りでどうしたらよいのか……。

パパの突然の死に、私と同じく次々と降りかかる現実やすべてのことに心が追いつかなかったんだよね。

息子の気持ちも痛いほど分かるけれど、喪主である私がみんなを待たせてしまっている状況に焦る。

息子を無理に控え室から引っ張り出し連れていくことも考えたが、とてもできなかった。

「じゃあ、ママあっちで待ってるからね。来たかったらおいでね」と、優しく声をかけ控え室を出ていき、凪人は来てくれると信じて待つことにした。

そして少しして、凪人が一人で歩いてくるのが見えたとき《本当によく頑張ったね》と涙が込み上げた。

そして、一樹の祭壇の前で、無事に撮影を終えることができた。

しかし葬儀の終わり頃、カメラマンさんがそっと駆け寄り「先ほどのお写真なんですが、お子さまだけ笑顔で……」と話をしてきた。

見せられたカメラの画面越しにあったのは、笑顔の凪人の姿だった。

あれだけ撮るのを嫌がっていたのに。

でもそれはきっと、凪人なりに悟った、これが最後の家族写真なのだと、パパのためにもと、振り絞って出した〈いつも通りの笑顔〉なんだろうなと感じた。

見たときは、正直胸が詰まった。

棺に花や好きなお酒、好きな食べ物などを敷き詰め《パパ大好きだよ》と書かれた小さな花束を、最後に凪人が一樹の胸元に置いた。

私は棺の蓋が閉じられる直前まで、一樹にすがりつき頬や頭を撫でながら「ありがとう。凪人は私がちゃんと育てるから。安心して……眠っててね」と、一樹と最後のお別れをした。

そして、一樹を乗せた霊柩車が葬儀場を後にした。

火葬場までの道中、凪人が突然「なーくんにはパパはいないんだ！」と言い始めた。

きっとそう思わないと耐えられないのだと思い、私は責めたり、怒ったり、否定したりもせず、息子の肩をそっと抱きしめた。

火葬場に着き、一樹の肉体はもうこの世からなくなってしまう事実を受け止めきれなかった。

控え室があるが、私は息子をお義母さんたちに頼み、すぐに外へと向かい空を見上げた。

今、一樹は煙と共にゆらゆらと空へと旅立っているのだろうか……何も言葉にならなかった。

ただ静かに空を見上げていた。

火葬が終わり、お骨を拾うことをまだ幼い息子にさせていいのだろうか……と悩んだが、あの子は一樹の死をあの子なりに理解している。

まだ4歳だけれど、息子の意志を尊重しようと思い、優しく問いかけた。

「一緒にパパの骨を拾いたい」とハッキリ言ったので、一緒に一樹の骨を拾った。

四十九日まで、和室に祭壇とお骨箱が置かれ、凪人が「パパと一緒に寝たい」と言ったので、納骨の日まで毎日その和室で眠った。

けれど、ずっとパパの骨を家に置いておくことはできないことを伝えなければならない。

「じいじもいるお墓に、もうすぐパパも入るんだよ」と伝え、そのときは「分かった」と言っていたのだが、四十九日の当日、突然「お墓には行かない！」と駄々をこね始めてしまった。

この時も、お寺の住職さんやお義母さんたちを長く待たせるわけにもいかず、私と残ることも無理な話で、いくら説得してみてもダメだった。

結局、全力で抵抗する凪人を無理やり車に乗せる形になってしまった。お墓に着き「絶対降りない！　行かない！」の一点張りに私もさすがに困惑した。

どうして私たちの《少しだけでも待ってよ》の気持ちを無視して、葬儀も納骨もすべて物事は進んでしまうんだと心の奥底では沸々と憤りが込み上げた。

私は葬儀の写真の時と同じように「分かったよ。来れそうだったら来てね」とだけ優しく声をかけ、私の弟に任せることにし、私は車を降りお墓に向かった。

一樹のお骨をお墓に納め、お線香に火をつけ始めた頃、凪人がお墓まで走ってきた。納骨の瞬間には立ち会えなかったが、お線香を焚き、一緒に手を合わせ、納骨まで無事に終えることができた。

その後、親族での食事会を予約していたため、また車に乗ったけれど「ご飯屋さんなんて行かない！　もう帰りたい！」とまた凪人は泣いて怒り始めた。

これもまた、私と息子だけ行かないなんてことは無理な話である。

泣く息子を無理やりキッズシートに乗せ走り始めた。

走り出すと、後ろで息子の小さなすすり泣く声が車内に静かに響いた……。

私は、胸を締め付けられる思いでハンドルを握った。

心の中で何度も何度も「ごめん。ごめんね」と繰り返すしかなかった。

大人の私でさえ心が追いついていかないのだから、まだ幼い息子がそうなるのは、当然のことだ。

すべて頭では分かるけれど、まだパパと一緒に寝ていたい、同じ屋根の下で過ごしたいという思いがあったのだろう。

大人でさえ、とても耐え難いことの繰り返しだったのだから、凪人は本当によく頑張ったと思う。

それと同時に、大好きな息子にそんな思いをさせてしまった一樹はどれだけ辛いだろうか……と思った。

突然の死、葬儀や納骨、それぞれの立場の辛さを嫌というほど思い知らされた、本当に残酷すぎる期間であった。

## ――手続きに追われた日々

次に私を待っていたのは、あらゆる手続きに追われるという現実だった。

まず入院費の支払いから始まり、役所の手続き、会社の退職手続き、生命保険、それに加え相続のことなど信じられないほどの量の手続きに追われた。

すべては、もちろん妻である私がやらなければいけないものばかりで、幼稚園から14時に帰宅する息子を抱えて、とてもじゃないけれど時間が足りなかった。足腰が弱っているお義母さんに息子を預けるのも気が引けてしまい、やむを得ず幼稚園の延長保育を途中から利用するしかなかった。

そんな日々が続いていたある日、幼稚園バスから降りてきた凪人と、手を繋いで家へと歩き始めた途端、私の手をものすごい勢いで振り解き、突然真顔で大通りのガードレールの外側へと突っ込んでいこうとした。

私は慌てて手を握って止めに入ったが、何も答えず、すごい力で私の手を振り解き、ガードレールの外側に差し掛かってしまった。

〈ダメだ。私でも止められない。どうしよう〉と一瞬パニックになったが、とっさに凪人を庇う体勢で、ガードレールの外側の車道側を突き進むしかなかった。

車との距離は、トラックならば数センチでぶつかる程度の幅しかなく、ずっと凪人に戻るよう呼びかけ続けた。凪人は我に返ったのか、ようやく歩道の方へ戻ろうとしたので、必死で凪人を抱き上げガードレールを越え歩道へ行かせた。

すぐに私もまたいで歩道に戻り、事故にならなくて本当に良かったとホッとしたのと同時に、きっと息子の心も限界なのだと悟った。

その夜、優しくいろいろ問いかけると「本当は、延長保育は嫌なんだよ……でもママはパパの手続きで大変だから、ママを哀しませたくない」と話してくれた。

あの行動は、息子本人はどういうことなのかよく分かっていない様子だったけれど、自殺行為とほぼ変わらない行動だ。

一歩間違えたら、本当に車と接触してもおかしくなかった。

私は、息子までいなくなるんじゃないかと怖くなり、そこまで追い詰められていることに気づけなかった自分に腹が立った。

特に愚痴も何も言わずにいたから、私はどこかで知らず知らずのうちに、そんな凪人に甘え切ってしまっていた。

つい先日5歳になったばかりなのに、母親の私がしっかりしなくてどうするんだと情けなくなった。

手続きだらけの日々に疲弊し切っていたのは、息子からしたら、私のただの言い訳にしかならない。

自分自身の精神状態も息子の育児も、いつもの生活を維持することも手続きも、私は完全にキャパオーバーをしていた。

ガードレールの一件があった翌日、たまたま手続きで電車を利用した私は、帰りの電車で本当に久しぶりにパニック発作に襲われた。

そのとき《私はこのままだと確実に壊れる。心が崩壊する》と全身で痛感し〈誰か助けて〉と涙が込み上げた。

でも誰も助けてはくれない。

そんな中電車を降りた時、ふっと私の中でスイッチが切り替わった気がした。

私は、自分で自分を無駄に追い詰めすぎているのだと思えた。

すべて私がやらなければいけないと、自分でプレッシャーをかけ続けた結果、息子の気持ちに寄り添うことができず、忘れかけていたパニック発作まで起きたのだと思い、山積みの〈やらなきゃいけないことリスト〉を、一度頭から削除した。

今まで、すべては一樹がいたからなんとかやってこれたレベルだったのだから、一人となった今無理がくるに決まっている。

それなら【やれることからやればいい。たとえ多少間に合わないことが起きてしまったとしても、命までとられるわけじゃない。ゆっくりやればいいんだ】と突然そう思えることができた。

簡単なことのようで、私にとっては簡単ではなかった。

けれど、追い詰められ、無理やりな形ではあったが、初めて《無理をせずほどほどに》というスタンスやスキルを身につけることができた。

その日から私は、やらなければいけないことはいくつも頭に浮かんではくるが「今日やれることをとりあえずやろう」に変わった。

この頃、ようやく少し精神的に楽になった。

一樹が倒れたあの日から、私は自覚していないだけでずっと、一ミリも油断してはいけないと、ピーンと糸を張っていたような、神経を張り詰めすぎていたのだと感じた。

目の前のことから、ひとつひとつ片付けていけばいつかは終わる、それは一生続くものではないのだから。

そして、一樹が亡くなって一年ちょっとが経った頃に、ようやくいろんな手続きが終わった。

延長保育もやめ、息子とのスキンシップの時間を増やし、幼稚園の行事や、途中から予定外の引っ越しもあり、手続きと並行して引っ越しの準備と保育園探しもした。

こうして活字にしてみると、よくもまぁ一人でこんなにもやれたなと今でも信じられない。

あの一年間は、私にとって今までで一番過酷で厳しい日々だったと思う。

毎日が目まぐるしく、余裕なんてなくただ今日を頑張って乗り切る、それしかなかった。

気づくと秋は過ぎ去っていて、紅葉を見に行きたいと思っていたはずなのに、行こうと思ったときにはもう紅葉の時期が終わっていたことに気づき唖然とした。

季節が移ろうスピードにも、単純な時の流れさえ、まったく私自身感じ取れないような状態だった。

思い返しても記憶がないといってもいいくらい、私はどう過ごしていたのだろう。

ご飯は息子と食べていたはずなのに、体重は2か月で6キロも減っていたのを考えると、それだけ過酷だったのだと改めて思い知る。

一樹が死んだあの日から、私の体内時計や時間経過の感覚はショートしたようだった。

〈この牛乳を開けたのはいつ?〉が、初めに自覚した出来事だった。スーパーに買いに行ったあの日は昨日のようにも思えるけれど……たぶん違う。

毎回、冷蔵庫の前で牛乳と睨めっこだ。

開けた日付を牛乳に書けばいいと思ったが、そのわずかなことすら余裕がなく、次やればいいと後回しにしたまま一年が過ぎていった。

認知症なのかと思うほど、生活に支障はないものの、私は細かいことを覚えていられなくなっていた。

凪人は、あの一件からスキンシップを増やし「ママには我慢なんてしなくていいんだよ、ママには心配も迷惑もかけていいいんだよ」と優しく抱きしめ、少しずつ凪人の表情も明るくなっていった。

けれど、現実はそう単純なものではない。

凪人は一樹が亡くなって数年が経った今でも、毎晩のように布団に入ると「寝るのが怖い」「ママは死なないよね？」と言う。

それはきっと、いつも通り家族でおやすみと言って眠った翌日にあんなことが起こったから、もしかしたら息子の中で《寝て起きたら何かが変わってしまうのではないか。大事なものがなくなるのではないか》と潜在的に不安を抱えているのだと思う。

毎晩寝るのが怖いと言う息子に「ママも同じだよ。ママだって怖い。一緒だよ。ママはいなくならないよ。大丈夫」と息子の手を握り、頭を撫で「おやすみなさい。また明日」と言った。

そう〈また明日〉が加わるようになっていた。

ただの気休めかもしれない。

けれど、突然大切な人を失った経験をしてしまった私たちにとって、その言葉は切実な願いであり、息子を少しでも安心させてあげられるおまじないのような役割もあった。

そして、怖いと言う理由を初めて言葉で説明してくれたのは、凪人が6歳の時だった。

「あの日の朝のことが今でも忘れられないんだよ」と息子は言った。

一種のトラウマのようなものだと思うけれど、焦らず、ゆっくりゆっくり、凪人の中にある得体の知れない不安の種を、時間をかけて解いていこうと思った。

一周忌と三回忌を終え、パパのいない誕生日がまた訪れ、嫌でも現実を突きつけてくるので少し不安定になる時もある。

この数年、息子に言われた言葉たちがある。

「パパの所に行きたい」

「もう嫌なんだよ。人生嫌なことばっかりで……」

「どうして辛いのに、人は生きていかなきゃいけないの？」

6歳でこんなことを言うのだろうか。

毎回、息子の疑問や発言や発想は私の想像の遥か上をいく。

突然の息子の言葉たちへの返答には、常に今の息子にはなんて言葉を返すことがベストなのかと、とっさに浮かぶ言葉たちを返してきた。

「今もしパパの所に行ったとしたら、パパは喜ぶと思う？」と聞くと「……喜ばないと思う」と言い「なーくんは不幸になる人生と幸せな人生、どっちが良い？」と聞けば「幸せなほうがいい」と言い「そうだよね、人は幸せになるために生きていこうとするものなんじゃないのかな？」と綺麗事かもしれないけれど、疑問や葛藤に真剣に向き合っている、幼い凪人には分かりやすい表現なのではないかと思った。

この数年で、息子の心はグンっと成長したのが分かる。

死を目の当たりにしたことで、死とは、生きるとはどういうことなのか、日々無意識に感じ取っているように思う。

だからこそ、外で虫が死んでいたのを見たときには「可哀想……お墓を作ってあげなきゃ」という発言も増えていった。

しかし、グンっと大きく成長するにはきっと痛みを伴ったはずだ。

当時4歳だった凪人には過酷すぎる現実だっただろう。

しかしその逆境の中でも、真剣にいろんなことに向き合い続ける息子を、私は心から尊敬する。

## ——転居・遺品整理

相続など手続きをしている間にいろいろあり、お義母さんとの同居をやめ、私と凪人は一緒に私が生まれ育った地元に戻る（引っ越す）ことになった。手をつける気になれなかった一樹の物をようやく整理し始めたのだが、一樹が持っていた《思い出箱》と書かれたダンボールの中には、驚くような物たちで溢れていた。

今まで渡した手紙やカードはもちろん、15歳で半同棲生活をしていたときのものを含め、2人でふざけて書いた落書きやあらゆるレシートさえ出てきた。

特別な日に行ったわけでもないファミレスのレシートだったり、他から見たらどうでもいいような物なのかもしれない。

でも、一樹にとっては違ったのだとその時知った。

ファミレスで食事をして、楽しくお喋りをした。その何気ない日々は彼の中では、それさえ特別だったからきっとレシートを残していたのだろう。

一樹にとって、私と過ごすすべての時間が特別で大切だったのだと思い知らされた。

そしてまだ付き合う前、2人で初めて観た映画のチケットも出てきた。

これには本当に驚いてしまった。

2000年の4月3日。もちろん日にちも、初めて一緒に観た映画のタイトルも私は覚えているが、正直チケットまでは、私の手元には残っていない。

一樹はそのチケットさえも綺麗に残していた。

そこには彼の深い愛だけが残され涙が溢れた。

チケットは20年以上前のものとは思えないほど、色褪せることなく綺麗に残してくれていた。

そして私が確か15歳の時、私の夢とか言いながらふざけながら描いた一枚の絵。

彼は15年以上もの間、大切に保管していた。

なんとなく書いた絵だからとっくに他の落書きした紙と一緒に捨てたと思っていた。

絵を見て私は思い出した。他の誰でもなくあの日自分自身が描いたこの絵のことを。

公園の芝生で家族3人、川の字でお昼寝をしている絵だ。

そこに描かれている子どもは、なぜか男の子だったことも、子どもが一人しか描かれていないことも、今見ると驚いてしまう。

昔から、兄弟がいないのは寂しいから2人は子どもが欲しいよねと話していたはずなのに、描かれていたのはたった一人の男の子だった。

その絵も色褪せることなく残っていた。

もっともっと早く、一樹のこのとてつもなく大きく深い愛情にどうして気づけなかったのだろう。

なぜ、今なのだろう。

この感動と感謝を伝えたいのに、もう隣に一樹の姿はなかった……。

一樹の様々な想いだけが残されていた。

「ごめん、ごめんね……」と思い出の物たちを抱きしめながら私は泣いた。

この先、これほどまでに私を愛してくれる人はいない。改めて、彼の存在や彼の特別さを、嫌というほど痛感させられた。

私はあなたじゃなきゃダメなんだ。

## ――指切りげんまん

いつか薫が自分自身を好きになってほしい。

一樹は、21年間ずっとそう言ってくれた。

いつもいつも隣にいてくれた人。

いつもいつも支えてくれた人。

いつもいつも私の声に耳を傾けてくれた人。

いつもいつも味方になってくれた人。

いつもいつも私の手を握り続けてくれた人。

いつもいつも私の背中を押してくれた人。

いつもいつも私の涙を拭ってくれた人。


一樹は、安らぎと愛情だけをまっすぐ、純粋にただひたむきに注ぎ続けてくれたね。

苦痛や恐怖や不安は、21年間も一緒にいたのに一度も感じたことがないんだ。

隣にあなたがいなくなってから、そのことに今更気づかされたんだよ。

きっと当たり前すぎたせいだね。

もっと早く気づけたら良かったのに、ごめんなさい……。

一樹の死に立ち会った瞬間。

私は、一樹なしで生きていけるはずがない。

身体だけじゃなく、心だけじゃなく、生きる力の根源さえもが音も立てずスーッと力が抜けていくような感覚だった。

たとえまだ、4歳の小さな凪人の手を握っていても……あのときはそれしか思えなかった。

私の何気ない幸せな日常は、突然静かに崩れ去った。

でもね、今日まで私は生きているんだよ。

凪人の子育てもしながら、毎日を必死に生きて生きて、今日を迎えられているんだよ。

一樹に会いたい。どうしていないのと何度嘆き叫んで泣いただろう。

あなたの名前を何度呼び続けただろう。

もう私一人では無理だよと、何度投げ出したくなっただろう。

両親と呼べる、頼れる存在もいない中で、子育てからも、生きていくことからも、一樹を失ったという現実からも、すべてから逃げ出したかった。

でも今日まで、嘆きもがきながらも、私は凪人の手だけは離さなかったよ。

一樹が私の手を離さなかったように、私も一樹と同じことができているのかな。

何かに困ったとき、こんなときは不思議と一樹ならどうするだろう。一樹ならなんて言うだろうかと、自然とフッと浮かぶんだ。

私は、親の愛情を知らないかもしれない。

だけど、子どもを、凪人を育てるヒントも、21年間の中にこんなにもたくさんあったんだね。

一樹が注ぎ続けてくれた、目では見えない、言葉にするのは難しい何か……。

私は正直、一樹が死んだあの日から、ゆっくり休息する暇も余裕もなく、やらなければいけないことだらけで気が狂いそうだった。

入院保険などから始まり、葬儀、退職手続き、相続に凪人の幼稚園の行事。

常に一年間は何かに追われ続けた。

でも、私はやり遂げたよ。

初めて、私すごいじゃない！と、生まれて初めて自分で自分を褒めたんだ。

生まれて初めて、ほんの少し自分を好きになれた。

けれどそれが、一樹が死んだことがキッカケだったことがとてもとても悔しい。

でもね、一樹が願い続けてくれたことだから。

私は、今日まで生き抜いた自分を、何があっても凪人の手を離さなかったこと。

心から、尊敬と褒める言葉をたくさん送りたい。

一樹もきっと褒めてくれているんだろうな。

あなたと出逢うために、私は生まれてきたと言い切れる。

一樹の命日は、私たちが出逢った日。

出逢った日に亡くなったのも、ただの偶然なのかもしれない。

ずっと《どうしてこの日なの？》と思ってきたけれど、一樹は脳死状態のままその日の夜を越えてくれた。そして、出逢った日の朝に亡くなったのはきっと……。

「薫と、記念日を一緒に迎えたかった」そういうことなんじゃないだろうか。

記念日を大切にしてくれていた人だからこそ、待っててくれたのかな。

彼らしいと思いながらも、一緒に迎えた忘れられない最後の記念日だった……私を好きになってくれて、私と出逢ってくれて、私をお嫁さんにしてくれて本当にありがとう。

これからも私は一樹の妻として、胸を張って生きていきたい。

一樹がいたから、私は初めてほんの少し自分を好きになれたのだから。


さよならは言わないよ。

次、いつ逢おうか？

お互い気が長くて、待つのは嫌いじゃないから。

その約束が、何十年先だったとしても大丈夫だよね。

また逢えるその日まで。

私は生きるよ。

指切りげんまん、約束しよう。

そしてこれから先も変わらず、３人で手を繋いで歩いてゆこう。

——どこまでも。

## ――不思議な体験

一樹が亡くなってから、初めて体験する謎の現象に戸惑った。

亡くなってからの数か月は、家のテレビの音だけが突然出なくなったときがあり、何をしても改善せず電源を切ってしばらく様子をみることにした。

そのまま数時間放置した後には、何もなかったかのように元に戻っていた。

ちょうどその後くらいに、お義母さんが自分の部屋のテレビの調子もおかしいと言ってきた。

それも数時間後には直っていた。

こんな経験は今までなかった。

そしてその頃、寝室や自宅の加湿器が突然動かなくなり、故障なのか原因がよく分からず、結果的に処分するしかなかった。

一樹が亡くなってから、一樹の結婚指輪と遺骨ペンダントを一緒にネックレスに通して、常に身につけていたのだけれど、自宅で突然なんの前触れもなく、指輪だけがストンっと床に落ちた。

チェーンが切れたわけでも外れたわけでもなかった。

そんなことがあり得るのだろうか。

再びチェーンに通しても、後日また指輪だけが突然床に落ちるということが何度か続いた。

どれも夕方から夜の時間帯であった。

そして、弟にもその話はしていたが、弟が遊びに来てくれていた日に、弟の目の前で指輪だけが突然ポトンと落ちた。

それを目の当たりにした弟は「どうしたらチェーンは切れてもないのに指輪だけ落ちるの!? そんなことあり得ない」と本当に驚いていた。

いつも自宅でしか起きない出来事だったが、外出先で知らずに落ちて気づかず、紛失してしまうのではないかと不安になった。

しかし、指輪だけが落ちるたびにいつも思う。

——一樹は私に一体何を訴えようとしているのか。

この現象には何の意味が込められているのだろうと考えずにはいられなかった。

《俺はここにいるよ》と伝えたいのだろうか。

そして、四十九日までの間、私は一度だけとてもリアルで不思議な夢を見た。

夢は目が覚めると記憶が薄れていくものなのに、あの日のあの夢だけは、数年が経った今でもとても強く鮮明に覚えている。

突如、一面とても柔らかな温かい光に包まれ、そこへ一樹が現れ、私を優しく抱きしめながらこう言った。

「ずっと見てたよ」と。

今でも忘れられないとても不思議な感覚の夢。

その夢の中はとても温かく、ふわっと一面が優しい光に包まれた特別な空間だった。

しかし、その夢はあの一度だけで、あれから一樹は夢に出てきてはくれなくなった——。


その後にたまに見る夢はいつも、一樹が生き返っている夢ばかり。

遺骨ペンダントをしているのに、当たり前かのように目の前にはいないはずの一樹がいて「なんでそこにいるの？」と、いつも驚き、困惑するという夢だ。

きっとこれは私の潜在的なもの、私の願望が見せる夢なのだろう。

もう一度逢いたいという想いが見せる夢。

そしてその年、一樹のいないクリスマスを迎えた。

私は、もう一樹はいないのに、気づくといつものように一樹にクリスマスカードを書いていた。

その夜、一樹の遺影の前にカードを置いてから私は眠った。

そして翌日の朝、私は信じられないものを見た。

落ちるはずもない場所に置いたはずのクリスマスカードだけが、床に落ちていた。

《ちゃんと読んだよ》という、彼からのメッセージなのだろうか。

そして、一樹が亡くなってから、なぜか非通知の謎の電話が何度も続いた。

初め非通知でかかってくる電話に、とりあえず出たが何を言っても返答がない。

イタズラ電話なのかと電話を切ると、また夜中に何度もかかってきた。

何の返答もない電話に「なんなんですか？」と言わずにはいられなかった。

次第になんだか怖くなり、ちょうどその頃に弟が遊びに来ていたタイミングで、非通知の電話が鳴ったので弟に電話に出てもらうことにした。

もし誰かのイタズラ電話なのだとしたら、男性が出ればもう電話をしてこなくなるはずだ。

弟が出たときも返答はなかった。

そして、それから電話がかかってこなくなった。

このような電話は今まで一度もかかってきたことがないのに、突然どうしてそんな電話があの日以来かかってくるのだろう。

そして、なぜかその謎の電話のことを忘れてきた頃、また非通知の電話が鳴るのだ。

無視すればよいのになんとなくその電話に出てしまう私もダメなのだろう。

もしも、イタズラ電話だとしたらこんなときに一樹がいてくれたら……と思った。

意味の分からない着信に怖くなり、不安にもなり心細くなった。

今まで非通知で電話が何度もかかってくるなんていう経験などなかった。

その謎の電話は、もしかしたら一樹なのだろうか。

馬鹿かもしれないけれど、そう思わずにはいられなかった部分もあった。

一樹が亡くなってから、霊感があるわけでもなく、目には見えない何かが見える息子ではなかったのだが、凪人には一樹が見えていた。

初めは《パパに会いたい》という願望や、残っている記憶が見せる幻想や妄想なのかと思ったけれど、凪人の言う言葉はとてもリアルで、だんだんと確信へと変わっていった。

四十九日までの間は、パパが頭を撫でてくるから夜中に何度も目が覚めてしまうのだと言い、「今パパが僕の椅子（ダイニングの息子の定位置）に座ってる」と言ったり、二人でお風呂に入っていた時も、突然息子がお風呂から出ていったので「急にどうしたの⁉」と息子に声をかけた時には「だってパパが今お風呂から出たから！」と即答された。

違う日には、二人でお風呂を終え、最後にお風呂の栓を抜こうとした時「まだパパが入ってるからお湯抜いちゃダメ！」と言われた。

なんだかとてもリアルで、その頃からこれは凪人の願望が見せる、幻想でも妄想でもないのかもしれないと思い始めた。

私には見えないだけで、凪人にはパパが見えているのだと思えた。

そして「幼稚園にはパパは来るの？」と聞くと「今日は園庭のあそこにいたよ」などと話してくれ、ふと一樹はどんな服装をしているのか気になり聞いてみたが、実際に息子が言った服は、一樹が着ていたもののひとつであった。

凪人がいる教室には入ってこないのかと聞くと「部屋には入ってこないよ。いつも部屋の外から見てる」と答えた。

パパの声も聞こえるらしく、会話まではできないらしいのだが、何度も大好きだと言ってくるそうだ。

一樹が亡くなってしばらく、数か月ほどが経った頃だろうか。

片付けられず敷いてある寝室の一樹の布団には、夜たまに一樹が一緒にいるとは聞いてはいたけれど「パパ今ここにいるよ」と指をさされ、思わず私はそこで抱きしめる行動をとらずにはいられなかった。

「え？　ここで合ってる？　これちゃんとギューってできてる？」と聞くと「できてるよ！」と言われた。

それから月日が経つにつれ、少しずつパパの話をしなくなってきたことにふと気づき「最近、パパはもうここには来てないの？」と聞くと、息子はこう言ったのだ。

「最近は一度、お空に帰るんだよ。今はお仕事が忙しいからあんまり来れないみたい」と言われた。

最初は《仕事》と聞いて、勤めていたあの会社での仕事なのかと思い聞いたが、違うと言い張り会社のお仕事じゃないとしか言ってくれなかった。

そして、そのお仕事の内容は知らないと言っていた。

もしもそれが本当だとしたら……死んだ者がゆく場所には、成仏するためなのか、理由や内容までは分からないが死後にやらなければいけない何かがあるのだろうか。

そして、何も見えなくて何も聞こえない私だからこそ気になることがある。

息子の聞こえるという声とは、どんなふうに聞こえるのか気になり始めた。

息子が言うには、今の私のように生きているときのような声の聞こえ方とは少し違うらしく、声は聞こえるけれど、会話や言葉のキャッチボールはできないそうだ。

そして一樹は、いつもどんな姿形をしているのだろうか。

そんな疑問を、そっとさりげなく息子に聞いてみた。

見えるパパの姿形は、そのときそのときによって多少差があるらしい。

背丈は生きていたときの大きさよりは小さく、そしてふわっと光っているそうだ。

いつもパパは笑っていると、笑顔だと言っていたけれど「泣いているときはないの?」と聞くと「一度だけ、いつなのかは忘れちゃったけど、家でハサミと折り紙で何か作って遊んでたときに、ソファーに座って泣いているとこは一回だけ見たことある」と答えた。

それ以外は、基本、笑顔で穏やかな顔だと息子が教えてくれた。

そして一度だけ、パパが3人に増えて見え、その時だけカラフルなレインボーになったそうだ。

もちろん、その理由は息子にも分からないけれど、きっと一樹を強く想っている人は、私と、息子と、一樹のお母さんだと思えた時、もしかしたら分裂して、3人にひっついていた日があるのではないか。

なんの根拠もない、私の勝手な予想、想像だけれど、不思議とそう理解しなぜだか腑に落ちてしまった自分が確かにいた。

そして次に、一樹は私のことは息子に何か言っていないのだろうかと気になり始めた。

すると息子は「パパに内緒だって言われたから言えないんだよ」という言葉を聞き、とにかくあの頃は、いろんな現象、息子が語る一樹の話に驚きの連続だった。

男同士の約束なのだろうけれど、どうしても聞かずにはいられず、息子を優しく説得し促し聞くことができた。

一樹が私に対して、息子に伝えたことは2つあると教えてくれた。

一つは、愛してると言っているそうだ。

大好きなら分かるけれど、愛してるなんて言葉は息子は聞き慣れない単語ではないのか。

生きている時に、いつも家族で交わすのは、大好きの言葉ばかりだった。

そしてもう一つは「パパはね、ママのことを待ってるんだよ」と言われた。

そして、パパが待っているのは私だけではなく、ばあば（一樹の母）と凪人と、凪人の子どもを待っているそうだ。

5歳でそこまでのことが思いつくだろうか……。

これはきっと、幻でも息子が願って見せる妄想なんかではない。そう確信した。

一樹の言葉を、私は凪人を通して知ったのだ。

四十九日を終え、息子の幼稚園の運動会があり、リレーをしていた時には隣でパパが一緒に走ってくれていたこと。

私には見えないだけで、応援している私の隣には常に一樹がいたということも教えてくれた。

半年以上が経ってきた頃から、パパが見える回数が減ってきたと言われた。

そして今ではもうパパは見えなくなったそうだ。

まだ息子にパパが見えていた頃、私があるとき「なーくんは見えるんだぁ、いいな、ママも見たいな。会いたいな」と話したことがあった。

私の本当に率直な感想だ。

見られるものなら見たい。声が聞きたい。そう思った。

でも息子は「え、でも見えると嬉しいけどちょっと寂しくなるよ……」と言った。

そうか、見えるのに触れることはできない、声が聞こえるのに会話はできない。

見えない私には羨ましいと単純に捉えていたけれど、その言葉を言われ、初めて息子の立場になって想像してみたとき。

嬉しくもあるが逆に寂しい気持ちにもなるだろう。

なぜ、もう一樹は凪人の前に現れなくなったのか。

私はもちろん、息子も知らない。

成仏したということなのか。

死後の世界でも現世に行ける時間の限度は決まっているのだろうか。

それとも息子の成長と共に、自然と感じ取る能力がなくなっていっただけなのだろうか。

死後の世界は、死んだ者にしか分からない。

自分が死んだ時、初めてこの謎が解けるのだろうか。

ただ分かっているのは、一樹はもっと凪人の成長を近くで見ていたかったはずだ。

もっともっと、私と凪人と家族での時間を過ごしたかったはず。

私には感じないし見えないけれど、確かに一樹は近くに、きっとそばにいてくれていた。

凪人のその言葉たちに、当時は困惑し、切なかったところもあるが、正直少し救われたんだ。

そして亡くなってから一年以上の月日が経った頃、私は初めて友達に弱音というか、一樹に会いたいという気持ちを話したことがあった。

友人は「きっと一樹さんは薫のこと、今でも見てくれてると思うよ」と言ってくれた。

その日の夜、寝室にいた私はどこからか何かの音が聞こえてくることに気づき、近所の誰かが、窓を開けているのか、大きめの音で何かテレビなのか音楽なのかは分からないが、何かを流しているのだろうと思った。

しかしトイレへ行こうと寝室を出たとき、リビングで消したはずのテレビがついていたことに気づいた。

夜中に勝手にテレビがつくなんて経験は、今まで一度もなかった。

途中から聞こえてきたあの音は、このテレビの音だったのだと分かった。

一樹は《会いたい》と言った私に《ここいるよ》と伝えようとしたのだろうか。

この今までの数々の謎の出来事には、何か意味があるのだろうか。

すべてが、単なる偶然なのだろうか。

もしもこれが、一樹が起こした現象ならばもっと分かりやすく、私でも分かる形にしてはくれないだろうか。でももう正直今はなんだっていい。

震える肩を抱き寄せて、「なに泣いてるんだよ」って笑って言ってよ。

あなたの声が泣きたくなるほど恋しい。

思い出がたとえ薄汚れ曇ったフィルム越しだとしても、あなたの存在を、あなたをもう一度だけ感じたい。

あなたとのこの先の物語はもう、枕元で静かにひとり描いてゆくしかないの?

もう一度だけ、あなたに逢いたい。

## ――遊園地

ある春の日、小学生になる凪人と遊園地に行った。

気づけば身長も伸びていて、遊園地を楽しめる年齢になっていることに、今更気づいた。

手を繋いで、どれに乗ろう、あれに乗りたいと2人でいろんな乗り物に乗った。

一樹も私も、ジェットコースターもくるくる回るような乗り物も大好きで、高所恐怖症でもなかった私たちと同じように、凪人は初めての遊園地なのに、怖くて泣くかと心配する乗り物でも、驚くほど楽しそうでとても喜んだ。

そして観覧車に乗った時、ママの隣がいいと横に座った凪人と景色を眺めた。

この遊園地は一樹と何度も来た場所だ。

付き合う前も付き合い始めてからも、何度ここに来たのだろう。

凪人と観覧車に乗って、ここはパパとよく来た遊園地なんだよ、パパはあの乗り物が好きなんだよ、と、心の中でつぶやいていた言葉たちが、不思議と次々と言葉になって溢れた。

凪人は「そうなんだ」と嬉しそうに聞いてくれた。

「実はパパに初めて好きって言われたのは、観覧車なんだよ」なんて話まで次々と溢れた。

ここも、いつか凪人が大きくなったら家族で行こうと話していた場所だったことを思い出した。

でも本当なら、この観覧車に一緒に乗っているはずの一樹は、パパは隣にはいなくて……。とてもとても、心の奥が切なくなった。

でも、一樹はいなくなってしまったかもしれないけれど、この場所に凪人と来られる日がきたことを、素直に喜べている自分もいた。

こんなに大きくなったんだと改めて感じ、成長していく凪人がたまらなく愛しくなった。

一樹が死んで、必死に毎日を過ごしている間にも、凪人は大きくなっていたのだと。

もちろん身長も知っているし、毎日一緒にいるから成長していることは分かっているつもりだけれど、その成長に深く感動できる機会は意外となかったのかもしれない。

隣にいる凪人を見ていたら、その時ふと一樹と重なって見えたような気がした。

もう赤ちゃんでもなく、いろんなことを話したり、喧嘩をしたり、凪人はもう7歳になるんだと、当たり前かもしれないことが、心に重くズシッとくる喜びと、感動するような何かがあった。

一樹もきっとここに来たかったはずだ。

小学生になる凪人を見たかっただろう。

そう思うと、その姿をこの目で見られている私は最高に幸せなんじゃないかと思えた。

一樹の分の感動も重なったのかな。

いないけれど、きっと同じ気持ちだと思ったら、2人分の喜びが込み上げた。

だってこれも、ひとつの一樹の夢だったはず。

一樹の分も、私は凪人の成長を喜び、当たり前のような、些細な一樹の夢たちを一樹の分も私が叶えていくためにも、私は生きなければ、とそのとき初めて素直にまっすぐそう思えた。

そして観覧車から少し海が見えてきて、高くなければ見えない景色がそこにはあった。

一樹もそれと同じなんじゃないだろうか。

私たちの世界や次元では見えないだけで、もしかしたら、少し角度を変えれば、見えていない景色がそこにあるように、どこかすぐそばに一樹はいるのかもしれない。

海が見えた時、なぜだか一樹を強く感じた。

3人で遊園地を手を繋いで歩くことは叶わなかったかもしれないけれど、私たちはちゃんと今日まで生きて、凪人と手を繋いで歩けている自分に、今日に、心から感謝した。

一樹、凪人はどんどん大きくなっていくよ。

毎日一緒にいすぎて気づけないところもあるけれど、凪人は、ちゃんと立派に、必死に前を向いて歩いているよ。

パパの話をして、初めて観覧車で凪人と過ごした今日は、一樹と初めて観覧車に乗ったときと同じくらい、特別な何かが心に深く刻まれた気がした。

凪人もいつか、好きな女の子と観覧車に乗る日がくるのかな。

そんなことまで想像して私はすごく嬉しくなった。

そんな日が、いつかきっと訪れるはず。

一樹を失ってから、心のどこか片隅で、凪人まで奪われるのではないかと、本当はずっと怯えビクビクしていたんだ。

でも、きっと凪人はこれからもっと成長して、反抗期を迎えて、いつか大人になっていくはず。

一樹を奪われてから、見ないフリをしてきたけれど、本当はずっと奪われる恐怖と隣り合わせだったのかもしれない。

けれど、最悪な未来なんて、起きてもいない出来事を想像して怯えていることは無意味なのではないだろうか。

凪人はこのまま少しずつ大人になっていくのだと、私はそう信じようと思った。

私はこれから先の未来を、凪人自身を、信じる。

私も最期まで一樹を信じていたように。

残酷にも結果は違ったけれど、信じる気持ちはとても大切なことなのではないか。

いつか、一樹が言っていた言葉を思い出した。

「もしも、なんて話は俺は考えられないし、考えても意味がないんじゃないのかな」

その言葉の意味が、今になって少しだけ分かったような、初めてその言葉にどこか深く納得ができた自分がいた。

遊園地に行って、今日まで凪人と一緒に生きてきて、またいろんなものを教わった。

生きている奇跡、そして〝信じる〟ということの素晴らしさを知った一日だった。

## ——三回忌

法事というものの大切さ。

故人を忘れないため、大切な人の死と向き合い、亡くなった人のために行われるもの。

きっとそうなのだろう。

けれど、私にとって三回忌は、この世にもう一樹はいないのだと現実を突きつけられるだけだった。

必死に息子を育て、前向きに生きようと、今日を、明日をとがむしゃらに走っていた。

私はそれだけの年月が経っていても、何ひとつ分かっていなかった。

一樹はもういない。

二度と帰ってくることはないのだ。

ずっと、今は会えないだけで、フワフワとした曖昧な感覚でいたものが、残酷にもくっきりと私の心に打ちつけてくる。

できることならば、お願い。そっとしておいて。

このままでいないとおかしくなってしまう。

一樹の死を突きつけられると、私はきっと壊れてしまうから、私の中には薄いモヤができ、必死に自分を守ろうとしていた。

ボヤけた景色でも、そこに薄っすらと微かでも一樹の姿が見え隠れしてくれていれば、私のそばにいてくれていると、そう思うことができた。

ずっと私は目を背け、頭の中だけで理解し、息子の子育てだけに専念することで、自分を、現実を誤魔化していた。

息子は、一樹が死んだ淋しさ、哀しさ、いろんな葛藤や不安をストレートにぶつけてくる。

息子にとってもとても辛い出来事だったけれど、息子にはママという、私の存在がいる。

なのに、私は一体どうだろう。

気づくと、私は一人ぼっちだった。

唯一の存在であった一樹がいなくなり、今更、私は一人になったのだと、その猛烈な痛みが容赦なく心をえぐった。

父も母も私を放棄し、地元に戻った意味は正直ほとんどないと言ってもいい。

友人がいてくれるのはもちろん有り難いけれど、子育てで疲弊したときに、頼れる相手が私にはいなかった。

父も母も健在なのに、私と関わりを持とうとはしない。

むしろ、どんどん遠ざかってゆく。

葬儀の後の数か月は労ってくれていた父だったが、時が経てば《一人でもちゃんとやれているのだろう》となんの気遣いもない。

父に不信感やわだかまりがずっとあったことで、困っても父に頼らない私が、そういった誤解を招いた部分もあるかもしれない。

しかし、息子の小学校入学のお祝いにと、祖母からお祝いを預かった父は、お金が入った封筒をアポ無しで自宅に訪れ、私が不在だったのでポストに入れた。

ポストに入れたと連絡はきたが、実家から車なら5～6分ほどしかかからない場所にいるというのに、なぜそんなことをするのだろうか。

どんどん父への不信感、嫌悪感が増してゆく。

むしろストレスでしかなくなっていた。

昔は、愛されないストレス。

今は、ただ失望する、逆に邪魔な存在でしかなくなっていた。

元々、私は愛されたと思えたことなど一度もないまま生きてきた。

一樹はそんな私に、父親のような愛も、母親のような愛もくれた人だった。

一樹から、たくさんの形の愛情を注いでもらった。

結婚し、息子が生まれ家族になり、私が経験してこなかった家族愛も、一樹と息子が教えてくれた。

私は、その幸せを噛み締めていた矢先に一樹は逝ってしまった。

一樹がいなくなり、私は気づくと、心にポッカリと大きな穴が空いていた。

ありふれた言い方になってしまうが、他にいい表現や伝え方が見つからない。

父や母の代わりに、一樹が私の心の穴を埋めようとしてくれた。

そして、埋めてくれたのだ。

けれど、一樹の代わりだけはどこにもいなかった。

父と母の時のように、私の中にはまた大きな穴が空いてしまった。

どうして、神はいつも、私の中に、常に何かを失い、心に大きな穴を残してゆくのだろう。

私が満たされることは、これから先あるのだろうか。

一樹ほど、私を愛し、愛せる人が、現れるのだろうか。

仮に、誰かと出会い、恋をしても、幸せを感じられる瞬間があったとしても、一樹の存在は、別格のもので、常に一樹を失った喪失感だけは、これから先も薄れることなく付き纏うだろう。

私は、一樹にそばにいてもらいたい以上、出口が見えなくなってしまった。

手を伸ばしても届かない。

もう二度とあの手を握ることさえできないという、酷な現実に、私は突如三回忌を目前にして飲み込まれそうな感覚に陥った。

お願いです。

今はまだ、その傷には触れないでください。

けれど、決められた法事は待ってはくれません。

葬儀もそうだった。

どうして、傷口に塩を塗るようなことをするのですか。

少しでいいので、なぜ待ってはくれないのか。

素朴な疑問も浮かんでくるのです。

私のタイミングで、法事を行えたらいいのにと思ってしまうのです。

もちろん、三回忌、七回忌と、この数字にも知らないだけで、きちんとした理由が秘められているのかもしれません。

けれど、それを理解しなくてはと思っても心が拒絶するのです。

なんとか私一人でも、息子と普通の生活ができていると、ほんの少しの自信と安堵感が私を勇気づけてくれていた。

そのタイミングでの法事だった。

死別を経験したことがない私にとって、一樹が死んだあの瞬間から、未来が未知の領域のように思えてならないのです。

それは、あらゆることに期待する未来ではなく、どんな感情が次に襲ってくるのだろうという、怯えた未来が少なくとも半分はしめているようだ。

私は、いつまで一人ぼっちのような気分のまま過ごすのだろうか……。

もちろん心はそばにいる。

そう思ってはいても、触れることも話すこともできない現実の中、物理的に一人ぼっちという感覚からだけはどうしても抜け出せない。

一樹の存在を肌で感じられない以上、孤独感、虚しさは常に付き纏うのです。

あぁ、あなたに逢いたい。

もう一度、私を抱きしめてほしい。

ずっと、息子を育てなければと張り詰めていたピーンと張った糸が、プチっと音を立てて切れてしまいそうで、怖くてたまらない。

数年経ってからの後追いをされる方は、もしかしたら、その糸が何かの拍子でプチッと音を立てて切れ、いっきに崩れたのかもしれない。

きっと自分自身、意識して張り詰めているわけではないだろう。

無意識に作られたその糸が、何かの拍子に切れてしまうのだろうか。

まだ自分は大丈夫なのだろうか、と危機感や不安があるうちは、まだ大丈夫なのだと信じたい。

そういうものはきっと、予期せずある日突然訪れ、考える暇も与えず一瞬にして飲み込んでいくのだろう。

一樹が愛用していた靴が、今も玄関になんとなく置いたままだ。

家族3人、仲良く並んでいる3足の靴たち。

いつもの光景のはずのある日〈もう一樹がこの靴を履くことはないのか〉と、突然のように泣き崩れる日があるのです。

突然ふいに訪れる予期せぬ感情が、波のように押し寄せては引いていく、その状態に身を置かれ続けることが苦しくてなりません。

泣くことしか、私にはできないのです。

そして、息子にとっても、亡くなってまだ日が浅い期間にお墓やお寺に行くことは、パパの葬儀を再び思い起こさせるのではないかと不安だった。

もちろん法事は大切なことです。

ですが、する立場になってみて初めて知った、複雑な感情がたくさんあった。

それでも、私と息子は、無事に三回忌を終えることができた。

## ——逆境に立たされた時こそチャンス

一樹がある日突然、私の生活からいなくなり、私はとにかく必死に、自分のことを労る時間も余裕もない中、がむしゃらに息子の子育てをしてきた。

何度も訪れる限界。

もう無理だ、と何度思ったのだろう。

少しずつ息子が成長しているのは確かだけれど、まったく〝余裕〟というものは、私の中に生まれない。もう疲れたよ。

膝から崩れ落ちるかのように座り込みそうになった日。

限界ってなんなのだろう。

ふと、そう思った。

一樹が死んだあの瞬間に、私の中のメーターは一瞬で振り切ってしまって、感覚もすべて飛び去り、昔のように（そろそろ限界だな）という明確なボーダーラインが分からなくなってしまった。

そもそも助けがない以上、限界だろうがやらなければいけない厳しい現実にさらされ続け、もはや自分の中の限界も、自分のキャパ数すらも把握できなくなっていた。

もう限界だと、何度、吐き捨ててきただろう。

何度、心の中で叫んだだろう。

でもある日、限界のボーダーラインを感じることも決める必要性もないような気がした。

後悔したくないのなら、とりあえず足を止めるな。

疲れたら、ゆっくり歩けばいいだけ。

余裕があるときは、駆け足で走るときもあってもいい。

この日々が永遠に続くことはないのだから、山頂がゴールだとするならば、途中途中、疲れたらゆっくり登ってゆけばいいだけの話。

そのペースは人それぞれであり、どのルートでもいい。

猛スピードで、山頂までノンストップで走り続けられる人なんていないはずだ。

諦めることさえしなければ、生きてさえいれば、いつかはそこへ辿り着く。

焦らず、私は私のペースを保とう。

変に急ぐから、無理して走るから疲れるんだ。

どこが限界なんて、決める必要はない。

ある日、そう思えたことで、その答えやその考え方に辿り着いた気がした。

それと同じで、今の辛さも大変さも、乗り越えた後には、あんな頃もあったなと不思議とそう思える日が必ずくるのだろう。

皆、今を生きているから、今しか見えないのは当然のことだ。

まだ何も分からない、漠然とした不安を抱えた未来にばかりに目を奪われる。

先なんて誰にも分からないのだから、限界だと感じたときこそ、あえて先を見ない選択をした。

今を、今日のことだけに意識を集中させることで、心は少なからず軽くなった。

先のことを考えながら行動することは、もちろんとても大切なことだけれど、心も身体も疲弊し、今にも倒れてしまいそうなときはその必要はないのではないか。

先が見えないからこそ絶望する。

思考を変えて、今だけを、今日だけを見よう。

それは、現実逃避でもなんでもない。

先に進むためのスキル、ひとつの心の術だと私は思う。

全速力で走った後、呼吸を整えるのと同じように、自分の心を整えるためにはとても必要なことだと感じた。

先のことばかり見過ぎないことは、自分を守ることに繋がった。

その思考の変換、スイッチングを取得できたとき、逆境に立たされたとき、それは成長するチャンスだということを、私は思い知らされた。

大きな嵐や小さな嵐を乗り切ってきたからこそ、今の私がいるのだから。

一樹が亡くなる前の私は、こんなにも強くなかったはずだ。

一樹がいなければ、生きる気力も、ましてやあの状況の中、一人で子どもを育てる精神力もなかったはず。

私になんて、絶対できるはずがないと思っていたこと。

けれど、毎日のその小さな積み重ねで今日までやってきた事実があり、それが自信となり、私は、私を強くしたのだ。

いや、強くならされたのだ。

生きてさえいればなんとかなる。

生きてさえいれば、希望は0じゃないということを教わった。

もうこの世にはいない一樹が、私にそう教えてくれた。

今がどんなに辛くても、逃げ出したくなっていたとしても……。

〝生きろ〟と言われている気がする。

変な話、死ぬことはいつでもできる。

でもそれは、すべてやれるだけのことはやり尽くし、たくさん悪足掻きをし、白い目で見られるほど足掻いてからでもいいのではないだろうか。

## ――必要な涙

私は今までの人生、どれだけ自分の弱さに失望し、絶望し、何度泣いただろう。

でも、涙というのは不思議なもので、泣いているときはとても苦しくて辛いけれど、泣いた後ほんの少し心が軽くなるのはなぜだろう。

これはすべて、必要な涙だと思いたい。

今日まで、何度心が折れかけ、亀裂が入り、粉々になり、割れただろう。

そのたびに、破片を拾い集めて、何度も心を立て直してきた。

ガラス細工のように心はとても繊細だけれど、心は意外と強いと感じる。

ただ、割れてしまったとき、粉々になってしまったとき、また立て直すというのは容易ではなく、とてつもなく根気のいる作業だ。

諦めてしまえば、楽になれるのだろうか。

なぜ、頑張って無理してでも立て直さなければならないのだろうか。

私は、一樹が死んでから何度も心が折れた。

もう立て直す気力もないほど、嫌というほど折れた。

心が折れてはまた立て直し、また折れては立て直し、そんな私の隣でずっと励まし続けてくれていた一樹がいない中、ずっと一人でこの作業をすることに疲弊しきってしまう時もある。

でも、今の私には重たい荷物があるんだ。

息子を育てなければ。

それは、とてつもなく重い荷物だ。

一樹と背負っていたはずが、突然一人で背負い込むことになった。

とても重たい。けれど、とてもとても大切なかけがえのない荷物だ。

私はこの重たい荷物を大切に背負い、這いつくばってでも、心が何度折れても、この荷物だけは手放してはいけない。

諦めるわけにはいかない。

私が諦めたら、すべてが終わりなのだから。

一樹に託された大切な、大切なもの。

これから先も、何度心が折れまくったとしても、泣いてもいい。

それは必要な涙なのだと、自分を癒やし、自分に喝を入れるための、大切な涙なのだと私は信じたい。

泣くことは恥ずかしいことじゃないのだと、改めてよく分かった気がした。

そして、一樹の遺影の前で、「なーくん、たくさん成長してるよ」といつもみたいに話したある日。

一樹が亡くなったとき、まだ凪人は4歳だった。

それでも、一年一年、どんどん成長していく凪人。

身長も伸びたし、喧嘩もするし、たまに助けてくれたりもする。

成長って、子どものためにあるような言葉だとどこかで思い込んでいたのかもしれない。

肉体だけが成長ではない。

凪人の心も成長しているように、大人でも成長することができる。

身長は伸びないし、できることがどんどん増えてゆくことはないけれど、心に年齢は関係なかった。

一樹を看取った、あの日の私を思い出した。

あの時の私に《今の私》が想像できただろうか。

無理だと思っていたことを、私は今やれているじゃないかと気づいた。

「そうか……私も一緒に成長していかないといけないね」という言葉が自然とこぼれた。

大人にとっては何が成長なのかは、人それぞれだと思うけれど、私の人生の幕も閉じたと思ったはずなのに、ちゃんと生きている。

凪人を一生懸命育てながら、一樹が恋しいと泣きながらも、今日まで生きている。

それは、とてもすごいことではないかと素直に思えた。

私にとって、その事実が心の成長だ。

昔の私より少しは強くなれたのではないか。

無理だと思っていた壁を乗り越える。

それは地道に努力し、みっともないほどのたうち回り、遠回りでもいい。時間がかかってもいい。

諦めなかったからこそ、ひとつの壁を越えたのだ。

それはきっと、私に限ったことではないはず。

誰もが生きていく上で、一人一人にいろんな悩みがあり、挫折をしたり、諦めかけたり、常に必死にもがいている。

死ぬまで、人は成長し続けることができる。

それは、子どもに限らず大人も同じなのだ。

子どもと同じく、心には無限の可能性があるのだと。

成長するかしないかは、自分次第なだけじゃないだろうか。

そして、成長しようと決めて成長するものではないということ。

毎日の、日々の小さな積み重ねが、気がつかない間に自分の何かを変えている。

昔の悩みを思い出すと、それがよく分かる。

当時は、本気で悩み、苦しみ、絶望し、逃げ出し、もがいていた。

でも、今その悩みを振り返ってみると、そんなこともあったなと、そう思える自分がいる。

それは、私が成長したからそう思えるのだろう。

もちろん、時には妥協することも必要。

諦めるという選択肢も間違いではない。

自分の中で、踏ん切りをつけるために、何が必要なのかは人それぞれ違う。

どれが正解、どれが不正解もない。

人の数だけ選択肢や答えがある。

あなたがその先に進み、今の生活が少しでも充実しているのなら、あなたにとって、そのときにした選択があってのことだと思う。

一人一人に生き方があって、一人一人、悩みも選択肢も、要する時間も違うのは当たり前だと思うのです。

無駄な時間など、決してないはずです。

周囲の人より、選択が、結果が遅くとも、迷子になり、寄り道をし、人より遠回りをしたとしても、それは人と比べることではなく、あなたのペースを大切にしたからこそ今があるのだから。

人にはペースがある。

スタスタと速く歩く人もいれば、いろんなものに目が止まり、そのたびに立ち止まってゆっくり歩く人もいる。

正しい歩き方なんて、どこにもない。

皆同じではなく、人それぞれ違うからこそ、世の中はある意味バランスがとれ、成り立っているのかもしれない。

自己満足かもしれない。

私のように、嘘でもそう思えることができるだけで、焦る意味も焦る必要もないと、自分をほんの少し解放してあげられる。

どちらが上とか下とか、どちらが優秀かなんて誰が決めるのですか。

周りに何を言われたっていいじゃないか。

代わりに私の人生を歩んでくれるわけでもないのだから。

価値観も考え方も、皆違うのだから、いろんな生き方があって、歩くペースも気にする必要はなく、自分らしく、一歩一歩歩いていければ、それだけでみんなはなまるだと私は思う。

だからこそ、私はこれからも自分のペースだけを大切にする。

幸せになるため、誰のものでもない私の人生なのだから。

自分を大切にすることは、こんなにも大事なことだったんだね。

やっと分かったよ、一樹。あなたが教えてくれたんだ。


泣こう。

叫ぼう。

嘆こう。


それは、生きようとしている証。

真正面から向き合っている証。

次に進もうと頑張っている証。

周りに何を言われても、私は息子と生きていくために、一樹との約束を果たすために、これからも恥じることなく、泣いて、叫んで、嘆こう。

きっとその先に、今より少しでも強くなっている自分がいるのだと信じて。

## ――想いのこし

一樹は、何も言い残すこともできなかった。

私はあのとき、一樹自身の生命力を信じ、希望だけを見い出そうともがいていた。

もちろん、人はいつか死にます。

それが、早いのか遅いのか、それだけの違いなのだと思います。

一樹にはこれからやりたいことがあり、まだ幼い息子との日々を、これから過ごしていく家族の時間を、息子の手が離れてからの夫婦の時間を、本当に楽しみにしていた。

死は平等に訪れるなんて言葉を聞いたことがあるけれど、そんなのは嘘なのだと思った。

いくら考えても、一樹のあの最後になってしまった数日を振り返ってみても、納得などできない。

2人で一緒に歳を重ね、のんびりとした夫婦の時間を過ごし、たとえ一樹が先に死ぬのだとしても、できることなら、私は安らかに優しく看取りたかった……。

ねぇ、一樹。

一樹は死を覚悟した瞬間、何を思ったの？

何を伝えたかったの？

彼の口から言葉は聞けませんでした。

想像し、一樹ならきっとこう思っただろう。

こう言うだろう、と憶測するだけの日々。

結局、良い人も悪い人も関係ない。

善人も悪人も、死ぬときは死ぬのだと、そう思った。

私が、一樹の立場になって考えてみたとき。

何も言い残せず、何も伝えられずに死んでしまうのは、とてつもなく悔しく無念だったと思うのです。

だから私は、事故なのか災害なのか予期せぬ死を迎えてしまったらと考えると、今私が思っていることや伝えたいこと。

すべて、言葉にして残しておかなければと思うようになりました。

明日がくる保証なんてないことを、あの日に思い知らされ、今までの生と死への考え方や価値観が大きく揺らぎ、覆されました。

もしも、皆自分自身の寿命を知ることができたらどんなに良いのだろう。

そう思ったこともありました。

そして、もしそれが現実に叶うとしたら、一樹はあの年のあの日に、自身が死を迎えると知っていたのなら、やりたいことをやり、伝えたいことを伝え、きっと想い残しのないよう努力したはずだ。

少なくとも、息子との時間や家族の時間をもっと濃密にすることはできた。

けれど、実際に死を知らされている現実があったとしたら、人はどうなるのだろう。

短命で若くして死ぬと知った人は、どうせ命は短いのだからと、好き勝手に生き、傲慢でわがままなだけの人生になってしまうこともあるのではないだろうか。

人は、そんなに強い生き物ではない。

死ぬことは、例外なく怖いもので、短命だと知っていて誰が一生懸命生き抜くだろうか？

人は弱い。楽な方に逃げたくなるもの。

そして、いろんな事情やそんな世界を想像してみても、それは幸せなことではないと思うようになった。

死は、知らされていないからこそ、命は尊いものに変わる。

知らないからこそ、必死に生き、目標を持ったり、好きな趣味に没頭してみたり、たまに友人とハメを外して騒いでみたり。

そのすべてがとても愛しく、大切で特別なものに変わるのではないか……。

死を知らされている世界が存在するとしたら、命の尊さが失われてゆく世界になってしまうという、私なりの考え、その答えに辿り着いたとき。

生と死に、答えなどないことを知りました。

毎日どこかで、今この瞬間も、日本、いや、世界中のどこかで子どもの産声が響いているだろう。

そしてそれとは逆に、毎日今この瞬間、世界中のどこかで誰かが息を引き取っている。

そこにひとつひとつ意味や答えを導き出すこと、納得する答えなど、どこにもなかったのです。

一樹が死んだ事実も、私だけがなぜ生かされているのかも……。

きっと答えなどないのでしょう。

こんな言い方はしたくないけれど〈運が悪かった〉その言葉がどうしても浮かぶのです…。

たまたまこの道を歩いていたから。

たまたまこの日、そこにいたから。

すべては、偶然によって起こる悲劇なのだ。

私は今、美味しいものを食べた時、心が震えるほどの綺麗な何かを見た時、《生きている》と実感するようになった。

生きていなければ決して感じられないものが、この世界には溢れていた。

その事実に私は感謝し、生きている喜びすら感じている。

あの日から、頭の中では生や死についてあらゆることが巡り、たくさんいろんなことを考えてきたのに、現実は、そこには哀しみや絶望だけではなく、生きているという感謝と喜びが確かにあったのです。

何も言い残せなかった一樹の悔しさ。

私は、明日もし死が訪れてしまったとしても、今日まで私は必死に毎日を大切に生きてきたと胸を張れる生き方をしたい。

生きていなければできないことがあるのだから。

たまたま死ぬ人がいる一方で、たまたま生きている人がいるのです。

ならば〝たまたま〟生きている私たちにはやれることがたくさんあるはずです。

今、今日を生きている。

それだけで、１００点満点ではないだろうか。

その事実だけで、奇跡みたいなものなのだから。

どんな日々を送っていたとしても、生きている限り、可能性は無限にある。

昔の私は、そんなことは微塵も思えなかった。

私には何もない、生きる価値も存在の意味すらもないと思い、自分自身に幻滅し、絶望し、考えることさえも放棄し、ただダラダラと毎日を生きていた、あの頃の自分を思い出します。

生きている意味や価値を見出そうと必死に足掻き続けたあの日々も……。

無駄なことなど、この世にはひとつもなかった。

たとえ努力して報われなかったとしても、少なくとも、失敗もチャンスに変えられることを私は知っている。

それを教えてくれたのは、一樹だ。

この世からいなくなった今でさえ、一樹からいろんなことを教わっている気がするのです。

《薫は元気でいてね。まだこっちに来ちゃダメだよ》と心に響いてくる。

それはきっと、私の中に一樹が今も息づいているからだ。

誰かが死んだ時、最初は皆哀しむでしょう。

でも、一週間、一か月、一年の月日が流れてからはどうですか？

あの日のこと、あの日抱いた感情すら、もう忘れかけてはいませんか？

誰かの心の中に、その人の姿や存在すらも完全に忘れ去られた時、本当の意味でその人は死んでしまうのかもしれない。

誰かの心に、たった一人でも生き続けていれば、まだ死んではいないのだと思えるのです。

人は、愛がほしい。お金がほしい。

地位がほしい。名誉がほしい。

人間はとても欲張りで、いろんなものを欲する生き物だけれど、それが一番大切なものですか？

人生は、もっとシンプルでよいのではないだろうか。

〝自分らしく〟生きていけばいい。

そしたらもっと、生きやすい世の中になるのかもしれない。

なにより、一樹が救ってくれた人生だから、私は生きなければいけない。

放棄することは、私と過ごしてくれた一樹の時間、私と向き合い続けてくれた努力を踏みつけにすることと同じことなのだから……。

一樹にはこなかった明日を、私は無駄にしてはいけない。

## ――5年分の日記

私が、13歳から18歳まで書き綴った5年分の日記たち。

結婚する頃、もう私には必要ないだろうと処分しようとした時「将来、子育てとか何かの役に立つかもしれないから、捨てずにとっておいた方がいいんじゃないかな」と言われた。

こんな形で知るなんて哀しすぎるけれど、残しておいたことに意味はあったんだね。読み返すと、その時の情景がふっとリアルに浮かぶほど、一樹と歩んだ日々がそこにはあった。

私が忘れてしまっていたことさえ、日記にはちゃんと、20年以上経っても、色褪せずに私の字で残り続けていた。そして、ある日の会話が目に留まった。

愛も永遠もあるわけがないと、何も信じられなかったあの頃の私（16歳）は「永遠なんてあるのかな」と一樹に問いかけていた。

一樹は「永遠があるかは分からないけど、あると信じて努力してる方が俺は好きかな」と答えていた。あなたはやっぱり、出会ってから最期まで何ひとつ変わらずにいたことを知った。

めくって読んでみた日記の中でも、今も私たちはちゃんと息づいていたよ。

# エピローグ

――一樹という人

一樹は、私の太陽だった。

暗闇の中を彷徨い続け、長い出口の見えないトンネルに迷い込みもがいている私に「こっちだよ」と光を照らしてくれた。


時には月のような人だった。

穏やかに、静かに寄り添いそっと私を見守ってくれる。

特に何も言葉にしないけれど、ちゃんと私の頭上には月があるように、月のようにそっと私を見守ってくれた。


一樹は、海のような人だった。

荒波や嵐の海ではなく、とてもとても穏やかで静かな波。

何度でも、打ち返しては戻ってくる優しい波だ。

とても穏やかで、どんな石を投げ込んでも波は優しくその石をさらってくれる。

どんな私でも、手を広げて受け止めてくれた。

本当に寛大で、そう、どこまでも続く広い海のように。


一樹は、空気のような人だった。

何年の時が経とうと、環境や立場が変わろうと何ひとつ変わらないものがあって、お互いが良い意味で空気のような存在だった。

彼は、窒息しそうな日々を送る私に酸素をくれた。

当たり前にあるものだけれど、それがなくなったら生きてはいけないもの。

酸素のない世界では生きられない。

必要不可欠で、けれど、ごく自然で目では見えないけれど常にそこにあるもの。


亡くなった今でも、きっと変わっていない。

一樹を亡くしてどうやって生きていけばいいのか、途方に暮れ、涙に暮れ絶望しているけれど、どこかで彼を感じる。

一樹の元へ逝きたいけれど「それだけは絶対にダメだよ」と、道しるべとなる光を、今も照らしてくれているような気がした。

《薫も、最後まで生きなきゃダメだよ。自分が母親ということを忘れちゃダメだよ。

ちゃんと、ここで見てるから》
そう言われている気がした。
本当に、空気のようになってしまったけれど、声も顔も見えないけれど、どこか遠くから、そっと月のように今も私を見守ってくれているだろう。
私も、あなたのように、太陽のように明るく、月のようにそっと優しく、そして海のような広い世界を心に作ってみたい。

育児に悩んだとき、何かに迷い立ち止まったとき。

なぜか、もういないはずの一樹がヒントをくれる。

それはきっと、21年間の些細な会話の中にあり、一樹ならこう言うだろうなと想像できてしまうから、あとは目を閉じて、そのときの顔を思い浮かべてみると、不思議とスッと心に収まる。

「じゃあ、こうしよう」と一歩を踏み出せる。

もっと、なんでもない話をしながら何十年もあなたとおしゃべりして、じゃれ合って、その優しさと幸せに満ちた笑顔を見ていたかった。

一樹のような人は、この世の中にどれほどの数いるのだろう。

きっと、世界中探しても見つからないと思えるほど、一樹は私にとって特別な人だ。

私はあなたに、一生分の恋をした。そう思っている。

もう、昔のような暗闇や霧はない。

悔しいけど、命の尊さという、絶対に忘れてはいけない根源を、あなたが最後に残していったから……。

私は間違ってももう、死のうなんていう選択肢を選んではいけないんだ。

肉体は奪われたけれど、きっと魂は、彼の想いだけは、神だろうが仏だろうが、誰にも消し去ることはできないはずだ。

今日も生きている私がその証明だと思う。

消えてなんていない。

ただ、少し会えないだけ。

——ただ今は、姿が見えないだけの話。

—2つの意味

幸せって字は、本当はもうひとつあるのかもしれない。

死合わせ　とも書けるのではないか。

命には必ず終わりがあるのだから、それは人を愛した者の宿命。

まったく逆のもののはずなのに、生と死が隣り合わせなのと同じように、幸せと死合わせも、常に隣り合わせだ。

言葉の意味は、まるで違うはずなのに、ふたつでひとつの意味を持っている。

―かくれんぼ

あなたは　私の中でかくれんぼしてるの
私は　必死にあなたを探してるんだ
付き合うよ　何年でも　何十年でも
子どもの頃は楽しかったはずの　かくれんぼ
でも　私たちのかくれんぼは
とてもとても　切なくて涙が零れる
涙色のかくれんぼ
あなたと私だけの　かくれんぼ

—空白の一ページ

あなたの未来は奪われた
一緒に歩めるはずだった未来
その空白のページ
私が最後まで埋めてみせるから
勇気をおくれ
その空白の最初の一ページは何を描こうか

—赤い糸

よく「俺と薫は、運命の赤い糸で結ばれてるよね」と言っていたね
それが この赤い糸?
本当に存在するのなら
私がやる事は
あとはその赤い糸を　たぐり寄せるだけなのかな

今回の人生は
あなたが私を見つけてくれたから
来世は　私があなたを見つけにいくよ

# 本の終わりに

私がこの本を書こうと思ったのは、一樹の死を受け入れるため、乗り越えるためのものではありません。

ただ、すべてを忘れたくなかったのです。

一樹の人生は、あの年のあの日に幕を閉じました。

もう一樹はこの世に、私の隣にはいません。

今でも何ひとつ受け入れられないけれど、いつか、受け止められる日がくるのかもしれません。

その時、どれほどの地獄を見るだろう。

心に痛みが追いつくまでには、まだまだ私には時間が必要なようです。

でもきっと、痛みが追いつく頃。

その時の私は、今よりも強くなっていると信じる。

一樹の死、逃れようのない現実、そのすべての事実を受け入れるだけの心の器ができてきた頃に、きっとその苦しみや痛みが、本当の意味で私を襲うような気がする。

正直すべてにおいて、一人で子どもを育てることも含め、未来には漠然とした不安しかありません。

でも、確かな事はたったひとつです。

それは、一樹という人物がこの世に確かにいたという事実です。

一樹に出逢えたことに、今も後悔などありません。

結婚式の時に誓った、あの言葉を思い出します。

病めるときも、健やかなるときも、互いを敬い、助け、命ある限り、生涯愛し続けることを誓いますか。

彼はどんなときも、21年間私の隣に居続け、ありったけの愛情を注いでくれた。

きっと、命の灯火が消えるその瞬間まで、私と凪人を心から愛していたでしょう。

だからこの場を借りて、改めて、私に誓わせて下さい。

もうあなたの姿は見えなくとも、心はいつもそばにいる。

私の中で、今もあなたは生き続け、息づいている。

一樹が、私の心と命を繋いでくれた。そして、私たちの間に息子が生まれてきてくれた。

これからも変わらず、凪人の成長を、心の中の一樹と共に見届けること。

どんなに涙に暮れたとしても、私は、一樹に堂々と逢いに行けるその日まで、生きること、諦めないことを誓います。

私には、凪人には、明日がある。

一樹にはこなかった明日です。

明日が訪れることは、ひとつの大きな奇跡だ。

執筆中も、何度も心に暗い影が落ち、涙に暮れる日もありました。

最愛の人を失っても、未来に希望を見い出すということは容易なことではありません。

時には、前を向きます。

前を向こうと頑張ろうとします。

それは《前を向いて歩いています》とは違うのです。

あえて、ここでひとつ、この場をお借りして、決意や誓いを言葉にすることで、自分を奮い立たせると共に、彼のように、私も最後まで生き抜くことが、一樹への最後の、一番の恩返しになると信じて、諦めずに息子と二人三脚、助け合いながら生きていけたらと思っております。

心から愛し、心から愛され、人としても心から尊敬できる人でした。

そんな一樹と出逢えて、私は本当に幸せでした。

一樹、次に逢えるその日まで……。

私と凪人を見守っていて下さい。
そして、生まれ変わってもまた一樹に出逢いたい。
そしてまた、お嫁さんにしてね。

愛するあなたへ。

〈著者紹介〉
**上島　薫**（うえしま　かおる）
1987年生まれ・一児の母。
34歳のとき、くも膜下出血により
突然夫を亡くす。
当時、息子は4歳だった。
日々の気持ちの変化や詩。
ここでは書ききれなかった思いなど
趣味の写真と共にインスタグラムなど
SNSで綴り続けています。

# あなただけが消《き》えた世界《せかい》

2024年7月22日　第1刷発行

著　者　　上島薫
発行人　　久保田貴幸

発行元　　株式会社 幻冬舎メディアコンサルティング
〒151-0051　東京都渋谷区千駄ヶ谷4-9-7
電話　03-5411-6440（編集）

発売元　　株式会社 幻冬舎
〒151-0051　東京都渋谷区千駄ヶ谷4-9-7
電話　03-5411-6222（営業）

印刷・製本　中央精版印刷株式会社
装　丁　　立石愛

検印廃止

Printed in Japan
ISBN 978-4-344-94996-6 C0095
幻冬舎メディアコンサルティングＨＰ
https://www.gentosha-mc.com/

あの日から　ずっと

あなただけが消えた世界にいるよう・・・

でも、一樹が残してくれていた　この絵を手にとった時

思い出したんだ。

私の夢は、ちゃんと叶っていたということ。

そして、この絵の中でも　あなたは　生き続けている。

## かくれんぼ

あなたは私の中でかくれんぼしてるの
私は、必死にあなたを探してるんだ
付き合うよ　何年でも
このかくれんぼを
子どもに戻った気分になって
あなたとの
このかくれんぼを楽しめたら
とても楽なのにね

でも　私の中のかくれんぼは
とてもとても　切なくて涙が零れる
切ない　切ない
あなたと私だけの　かくれんぼ

波の音

あなたの優しい声と　どこか似ている

私は　たまに迷子になってしまうの
もう一度　手を振ってくれないかい

私が道に迷わないように

眩しい光は
私には　希望の光に見える

また季節が巡る

次の年も　またその表情を見せておくれ

地面を蹴る音
足跡の数だけ　人生がある

ただ、あなたに逢いたい
もう一度だけ

地図にも記されていない場所
わたしもいつかきっと
あなたへと続く道を　歩くだろうから

そこで　待っていて

「もういいかーい」

「もういいーよ」

来世でも分かるように
ふたりだけの　愛言葉を作ろう

生まれ変わってまたあなたに逢えたら
きっと　私はすぐに気づく
だって　その瞳だけはきっと変わらないから

頬をつたうこの涙は
あなたの涙かもしれない

すべてが

愛しい時間だった

私とあなたの世界の境目は
どこにあるのだろう

あなたが最後に教えてくれた
信じること　諦めないこと

あなたが私と過ごしてくれた時間
無意味なものになどできない

「私は、幸せな人生だったよ」

いつか　そう胸を張って言えるように
私は　僕たちは　あなたを想い今日も生き抜くんだ
どこにいようと　ずっと一緒なのだから